ENTRE DEUX BATTEMENTS

PRISCILLA TURCOTTE

Entre deux battements

ROMAN

L'Atelier des rêves

Dépôt légal, Bibliothèque et Archives nationales du Québec

Février 2026

L'Atelier des rêves

1118, rue Saint-Édouard, Saint-Urbain de Charlevoix

(Québec) G0A 4K0

www.atelierdesreves.ca

Dépôt légal : 1er trimestre 2026

ISBN : 978-2-925229-94-0

Les adieux sont seulement pour ceux

qui aiment avec leurs yeux.

Car pour ceux qui aiment de tout leur cœur

et de toute leur âme, la séparation n'existe pas.

Rumi

Commémorer la vie d'un être cher en mots et en images.

Vous communiquez le départ de votre être cher et maintenez sa mémoire aussi vivante que possible et accessible pour toujours.

Offrir un hommage digne de l'amour que vous portez et qu'il vous porte.

Solène Martin, rédactrice nécrologique

PROLOGUE

Ils levèrent les yeux vers le ciel, le cœur gonflé d'une joie aussi mystérieuse qu'infinie. Devant eux, le firmament se teinta de rose, comme une mer d'aurores suspendue dans le temps. Leurs âmes s'élancèrent vers son centre, portées par une force douce, enveloppante, presque maternelle. Là-haut, tout n'était que paix et chaleur. Ils tentèrent de se souvenir de ce qu'ils étaient, d'où ils venaient, mais les souvenirs s'évaporaient comme de la buée sur de la vitre. L'oubli les caressait avec tendresse.

Quand leurs âmes effleurèrent le noyau rougeoyant dans le ciel, des rayons de lumière jaillirent à travers l'univers. Ces gerbes lumineuses les touchèrent, les traversèrent, fusionnèrent avec eux dans une explosion d'éclats éblouissants. Alors, dans ce moment suspendu, ils comprirent tout : les rouages de l'univers, les secrets des vies passées, et l'amour dans son essence la plus pure.

Peu à peu, ils se fondirent l'un dans l'autre, immergés dans une béatitude totale, baignés dans un amour infini, un amour qui transcende les corps, les siècles, la mort elle-même. Ils saisirent la signification profonde d'aimer au-delà de toute raison, de toute peur, de toute limite.

Et puis, après quelques secondes — ou peut-être plusieurs siècles —, leurs âmes frémirent à nouveau. L'appel d'une nouvelle naissance les effleurait. Elles s'apprêtaient à revenir sur Terre, à entrer dans la peau d'un nouveau-né, à entamer une autre vie. Une vie cruciale, où elles tenteraient, coûte que coûte, de se retrouver à nouveau.

1922

Un soir moite s'était abattu sur la banlieue, épais comme un manteau d'angoisse. Le ciel, chargé de nuages charbonneux, menaçait d'éclater. Une odeur de pluie, terreuse et amère, s'élevait du pavé. Thérèsa, mi-vingtaine, silhouette droite malgré le poids de ses pensées, marchait à vive allure vers la gare. Elle dissimulait ses cheveux courts, coupés à la garçonne, sous un chapeau cloche soigneusement enfoncé. Chaque pas la rapprochait d'un avenir incertain, mais nécessaire. Elle fuyait. Elle n'avait plus le choix.

Dans la gare bondée, elle se faufila entre les voyageurs, les yeux fuyants, la gorge nouée. Son billet en main, elle monta dans le train, s'engouffra dans le couloir étroit, cherchant une place où s'effacer. Assise près d'une fenêtre, elle tournait le dos au monde. Son mouchoir trempé tentait de camoufler les marques de larmes autant que celles d'une vie qui l'avait épuisée. Elle portait les stigmates d'un amour toxique, celui d'un mari violent, jaloux au point de l'enfermer dans une cage dorée où chaque regard qu'elle croisait devenait une accusation.

Son cœur tambourinait de peur et de solitude. Elle sentait déjà l'ombre de son époux rôder derrière elle. Il la retrouverait. Et il la tuerait.

Elle fixait le bâtiment de la gare, une œuvre d'architecture classique aux colonnes robustes, aux fenêtres voûtées et aux corniches lourdes, comme si elle voulait s'en imprégner avant de tout quitter. Soudain, un homme surgit dans son champ de vision. Il portait un complet à carreaux et un pantalon de golf, élégant sans être guindé, avec un air sportif et sûr de lui.

— Cette place est-elle libre ? demanda-t-il d'une voix chaleureuse.

Dans le gouffre de désespoir où elle se noyait, un arc-en-ciel jaillit. Elle leva les yeux et rencontra un sourire. Et ce fut comme une étincelle dans l'obscurité.

— Oui, murmura-t-elle.

Leurs regards se croisèrent. Quelque chose, d'une intensité inexplicable, la traversa. Ce visage lui semblait étrangement familier. Elle ignorait encore qu'elle venait de tomber amoureuse. Que ce moment allait tout changer.

Ils discutèrent pendant le trajet, leurs voix se mêlant au rythme saccadé de la locomotive. Ils riaient, se découvraient. Une bulle de lumière dans un monde qui s'effondrait. Puis, elle lui confia son histoire.

— Tu vaux mieux que ça, lui dit Lance. Tu as eu raison de fuir avant que ton reflet dans le miroir ne soit réduit en miettes.

Il posa sa main sur la sienne. Ce simple geste la traversa comme un courant apaisant. Elle sentit son calme couler en elle, comme s'ils partageaient quelque chose de plus grand que cette rencontre.

Mais la menace restait présente. Quand Lance partit chercher du thé, elle scruta nerveusement la gare suivante. Et soudain, elle le vit. Lui. Son mari. Elle se figea.

Quand Lance revint, elle le supplia du regard. Il comprit aussitôt.

— Viens, dit-il simplement, prenant sa main dans la sienne avec une assurance réconfortante.

Ils coururent vers les voitures-lits, se cachèrent dans une cabine étroite, silencieuse, qui devint leur refuge.

— Si nous étions descendus, aurait-il eu le temps de me reprendre ? murmura-t-elle.

— Mais nous sommes encore ici, ensemble, répondit Lance.

Un homme entra, vêtu de noir. Frayeur. Était-ce lui ? Non. Juste un contrôleur.

Elle se blottit contre Lance, inspirant profondément son odeur, mêlée à celle du thé et du bois. Il l'embrassa. Ce baiser fut une fusion. Le monde disparut. Seules subsistaient deux âmes entremêlées. Ce qu'ils partagèrent dans cette cabine n'était pas seulement charnel : c'était la reconnaissance de deux êtres faits pour s'aimer au-delà des vies.

Mais le répit fut bref.

— Vos billets, s'il vous plaît.

Ils sursautèrent. Le contrôleur fronça les sourcils.

— Vous ne devriez pas être dans ce train !

Ils s'excusèrent, sortirent. Et puis…

Un grondement sourd.

Une secousse.

Un cri.

Puis le chaos.

Le train bascula dans l'horreur. Le métal crissa. Des corps furent projetés. Des valises volèrent. Puis… le silence. Épais. Inquiétant.

Thérèsa gisait au sol, un bras ensanglanté. Elle tourna la tête.

Du rouge. Partout.

Et Lance. Là, tout près. Inerte. Écrasé sous des bagages, baignant dans le sang.

Elle aurait voulu hurler. Mais son souffle ne répondait plus. Elle tendit la main. Toucha la sienne. Et, dans un dernier battement de cœur, elle promit : « Nous nous retrouverons. »

Le tumulte s'effaça, les cris cessèrent, les douleurs se dissipèrent. Un silence céleste enveloppa les lieux, comme si le temps lui-même retenait son souffle. Leurs corps gisaient, figés dans la tragédie, mais leurs âmes s'étaient déjà élevées, portées par une lumière douce, irréelle. Thérèsa sentit la chaleur d'une présence à ses côtés familière, éternelle. Elle tourna son regard éthéré vers Lance. Il était là. Pas son corps, mais son essence, celle qu'elle avait reconnue au premier regard.

Ils se sourirent, sans paroles. Il n'y en avait pas besoin. La lumière les enveloppa, les berça, les guida.

Ils s'élevèrent ensemble, tels deux fragments réunifiés d'un même tout, traversant des paysages d'étoiles, de souvenirs et de possibilités. Chaque instant partagé sur Terre prenait un sens nouveau, comme si leur brève rencontre avait été le point culminant de siècles d'attente. Des éclats de leurs anciennes vies clignotaient tout autour, des scènes lointaines, d'autres époques, d'autres amours. Mais toujours eux deux.

— Tu vois, murmura Lance sans bouger les lèvres, nous nous sommes retrouvés.

— Et nous nous retrouverons encore, répondit Thérèsa.

Dans l'espace sacré entre deux mondes, ils fusionnèrent à nouveau. Un pacte silencieux. Un amour immortel.

Puis, le souffle d'un nouveau-né retentit quelque part, loin en bas, sur Terre. Un cri. Une vie.

Et une promesse tenue.

CHAPITRE 1

2002

Liam

Je sens la glace se fragiliser sous mes pieds. Je reste immobile, le cœur battant à toute allure, mais je sais que je dois retourner vers la rive. Un pas, et je l'entends : le bruit de la surface gelée qui se brise sous mon poids me glace le sang. Une seule pensée traverse mon esprit : ça y est, je vais mourir.

Le contact de l'eau froide est brutal. Elle s'infiltre dans mes vêtements, m'empoisonne la peau. C'est comme si des lames de couteau coupantes me traversaient. Je n'ai pas le temps de crier. Ma tête est déjà submergée, enfoncée sous l'épaisse couche gelée.

Je tente de frapper la surface, de libérer mes poings, de trouver un peu d'air. Mais l'eau m'aspire, envahit mes poumons.

Je n'ai plus de force. Je ne sens plus mes jambes. Ni mes bras. Ni même mon corps. L'hypothermie me fige jusqu'au cœur. Le monde devient flou, les sensations se dissipent. Tout est figé. Comme si le temps lui-même s'était arrêté.

Puis, soudain, un bip. Un son électronique, intense, qui monte en puissance. Un dernier sursaut. Puis plus rien.

Un électrochoc. La douleur explose. Le son revient, de plus en plus aigu.

Et la voix douce de ma mère, chaude et pleine d'espoir, me parvient :

— Mon petit cœur… reste avec nous… ne pars pas…

Je n'y comprends rien. Pourtant, je suis là. Je la vois courir vers moi. Je voudrais lui dire de ne pas s'inquiéter. Je veux avancer. Mais tout à coup, je suis projeté hors de mon corps.

Il fait noir. Un silence étrange envahit tout, comme une brume glacée qui se dissipe lentement. Je vois des médecins penchés sur un corps, des femmes en blouse, des infirmières, sans doute.

La machine émet encore un bip sourd, continu.

Je regarde mon corps allongé là, le corps d'un enfant de huit ans. Un tube dans la bouche. Une jaquette bleue sur la peau. C'est… étrange. Déroutant. Une sensation de dédoublement, comme si ce corps n'était pas le mien.

Je crie, mais ma voix reste dans l'air, invisible.

— Maman ! Je suis là ! Docteur ! Je suis là !

Je veux y retourner. Je hurle à pleins poumons. Je flotte au-dessus d'eux. Mon corps est là, sous moi, mais je ne le vois plus vraiment.

— Hé ! ho !

— Encore un enfant parti trop tôt, murmure l'un des médecins.

— Non ! Je ne suis pas mort !

J'ai l'impression de m'éloigner. Je ne le veux pas. Alors, je m'élance, une dernière fois, de toutes mes forces.

Je ne ressens plus la peur. Une lumière éclatante apparaît devant moi. Sa chaleur m'envahit. Je tends la main, je veux la saisir.

Et là, je la vois.

Des yeux verts.

Quelques traits d'un visage se dessinent dans la lumière. Je ne le reconnais pas, mais une paix immense m'envahit. Un bien-être total, plus grand que tout.

Puis… Oui. Je sens mes doigts. Le vent. Les bruits. Les voix autour de moi. J'ouvre les yeux.

Les visages apparaissent. Les odeurs. Je suis là. Je suis vivant.

Grâce à elle. Grâce à ces yeux verts. À cet amour qui m'a ramené d'entre les ombres.

* * *

Pendant ce temps, sur une autre table d'opération, une petite fille subit une intervention chirurgicale. Cela ne dure que quelques secondes, mais son esprit quitte son corps, léger comme une plume, pour aller à la rencontre de l'autre âme qu'elle doit retrouver.

Elle le sait. Elle le ressent. Leurs deux êtres se frôlent, un instant de chaleur et d'amour pur. C'est éphémère. Le temps terrestre n'a pas de prise ici.

Puis, les deux âmes retournent dans leurs corps. Un frémissement d'émotions les traverse. L'évidence d'être faites l'une pour l'autre. Un tout. Elles se retrouvent, en silence, dans cette rencontre intime, vibrante.

Et puis, elles se réveillent. Mais ce n'était qu'un rêve. Un rêve dont elles oublieront tout. Cependant, dans leur cœur, il restera cette certitude : un jour, elles seront complètes.

CHAPITRE 2

2023

Solène

Je m'éveille en sursaut au milieu de la nuit, le cœur battant. Une brise glacée m'effleure la peau, et mon regard cherche la source de ce frisson dans l'obscurité. Je me sens perturbée. C'était un rêve étrange, un cauchemar mêlé de terreur et d'amour, où des cris se mêlaient à des bruits sourds, comme une locomotive freinant brutalement. Tout était flou, mais l'impact, lui, restait.

Je ferme les yeux, cherchant à calmer ma tempête intérieure. Et si ce rêve avait un sens ?

* * *

Cinq ans plus tôt…

Sabine m'a emmenée voir une diseuse de bonne aventure. Une vieille femme aux cheveux gris, qui sent l'encens bon marché. Avec une voix grave, presque solennelle. Elle me fait brasser les cartes, et me dit :

— Vous cherchez cette autre partie de vous-même. Vous l'avez rencontrée autrefois… mais vous l'avez perdue.

Maintenant, sans vous en rendre compte, vous cherchez à réunir vos âmes.

Je me demande si elle parle vraiment pour moi, ou si ses mots ne sont qu'un charabia lancé au hasard. Pourtant, quelque chose s'accroche en moi. Ses paroles s'infiltrent, persistent, et laissent une empreinte trouble dans mon esprit, comme un écho que je n'arrive pas à faire taire.

Elle me prend les mains, observant la ligne de ma destinée.

— Vous êtes chanceuse, malgré les épreuves qui viendront.

Elle me parle d'un amour, proche, mais que je n'arrive pas à voir. Peut-être, mais, moi, je n'ai jamais été amoureuse. Pas comme dans les films. Je ne sais même pas si je serais capable d'aimer à ce point.

Puis, alors que je m'apprête à sortir pour rejoindre mon amie, la voix de la dame m'arrête dans mon élan.

— Mademoiselle, attendez !

Je me retourne pour la voir avancer vers moi, son regard rempli d'une douceur étrange, presque troublante.

Elle m'observe un instant, comme si elle voyait au-delà de ce que je laisse paraître, jusque dans les recoins les plus secrets de mon être.

— Faites attention à votre cœur, murmure-t-elle. Il porte déjà des traces de passage.

Ses mots me figent. En les entendant, je sens une chaleur diffuse se répandre en moi, un frisson presque sacré, comme si elle venait de révéler une vérité que je portais sans la comprendre.

Chaque âme qui croise mon chemin semble laisser une empreinte, un écho discret, invisible, mais bien réel. Et soudain, j'ai eu la certitude que certaines rencontres ne sont pas le fruit du hasard.

Je reste immobile un moment, les mots de la femme résonnant encore dans ma tête. « Il porte déjà des traces de passage. »

Je n'arrive pas à savoir si elle parlait d'amour, de douleur ou des deux à la fois.

Quand je sors enfin, l'air frais me fouette le visage. Mon amie m'attend, adossée à sa voiture, le téléphone à la main.

— Tu en as mis du temps ! dit-elle en riant.

Je souris vaguement, incapable de répondre tout de suite. Mon esprit est ailleurs, comme suspendu entre deux mondes.

Je jette un dernier regard vers la porte, espérant revoir la femme. Mais elle a disparu, comme si elle ne m'avait jamais réellement adressé la parole. En montant dans la voiture, je sens encore une étrange pulsation au creux de ma poitrine, là où ses mots se sont logés.

Nous roulons jusque chez moi. Sabine, comme toujours, m'a réconfortée à sa manière avec une coupe de vin.

— Tu tomberas amoureuse dès que tu rencontreras la bonne personne.

Nous rions, comme si rien d'autre ne compte. Cette journée ésotérique avait été une distraction agréable.

Puis, elle ouvre un vieux journal et lit l'horoscope à haute voix :

— *Amour : Malgré votre nature solitaire, une rencontre importante vous attend. Le grand amour n'est pas loin.*

— Ah bon ? répliqué-je en riant.

Mais au fond, quelque chose en moi sait que ces mots sont plus qu'une simple coïncidence. Avec cette impression déroutante qu'un nouveau chapitre vient de s'ouvrir sans que je sache encore lequel.

Je pleure ce soir-là, devant le film *La maison près du lac.* Chaque fois, je pleurais. Et chaque fois, je me disais que, peut-être, quelque part, un amour comme celui-là existait.

En sortant du café, une brise me frôle la peau, douce, et presque comme un présage. Il est peut-être tout près.

Je poursuis ma vie…

2024

L'été est là. Le ciel, éclatant sous un soleil ardent, me réchauffe le corps et l'esprit. L'été, c'est le temps des nouvelles idées, des rêves frais. Il y a une lumière unique, presque magique, qui semble transformer chaque instant. Le monde devient une toile vierge où tout semble possible.

Je regarde les rayons du soleil se faufiler à travers le clocher de l'église, dans cette petite ville nichée au pied des montagnes d'Aster. Là, les fleurs de toutes les couleurs — du bleu pâle au rose en passant par le blanc — décorent le paysage.

Je suis Solène Martin, je viens de souffler 27 bougies, et, depuis toujours, j'ai ce don. Un murmure venu d'ailleurs, discret mais persistant. Dès que je pose mon crayon sur le papier, quelque chose s'ouvre. Une brèche. Et les âmes arrivent. Parfois en silence, parfois avec urgence. Elles se tiennent là, invisibles mais présentes, à la lisière de mes pensées.

Au début, j'avais peur. Une peur sourde, logée dans le creux de mon ventre, comme une brume glacée au réveil d'un cauchemar. Mais, peu à peu, j'ai compris. Il ne s'agissait pas d'intrusions. Plutôt d'appels. Écrire pour elles, c'était leur offrir une voix. Une dernière danse sur un bout de papier.

Un lien s'établit. Fragile, presque sacré. Et le voile entre les mondes se dissipe un peu, comme la buée sur une fenêtre, que l'on essuie du bout des doigts.

Aujourd'hui, je rédige des nécrologies. Ce métier peut paraître étrange, macabre même, mais il est parfait pour moi. Il me traverse autant que je le traverse : chaque histoire écrite laisse en moi une empreinte, un écho. En plongeant dans la vie de ceux qui sont partis, je sens leur passage remuer quelque chose en moi, comme si leurs souvenirs s'entremêlaient aux miens. Je ne me contente pas de lister les faits : date de naissance, de décès, services funéraires. Non. Je tends l'oreille. J'écoute ce que les vivants n'entendent plus, ce que les morts murmurent encore.

Je parle d'eux. De leur histoire, de leurs gestes simples, de leurs silences lourds de sens. De ce qu'ils ont laissé derrière eux, pas seulement en objets, mais en empreintes invisibles. Je parle de leur essence. De ce souffle unique qu'ils ont porté, et que j'essaie de faire vibrer à travers mes mots.

Enfant, j'étais différente. Trop différente. Un peu comme si je vivais en transparence, dans un monde parallèle que les autres ne voyaient pas. Les regards se détournaient, les moqueries flottaient dans la cour d'école. On me traitait de bizarre. Moi, je me contentais d'observer, en silence. Ce que je voyais, eux, ne le voyaient pas.

Peu à peu, je me suis isolée. Non par tristesse, mais par instinct de survie. J'ai fini par apprivoiser ce sentiment de décalage, comme on apprivoise une bête sauvage. J'ai construit une île intérieure, à l'abri des jugements, où les voix du silence avaient toute la place.

Aujourd'hui, lorsqu'une âme se manifeste, c'est comme un éclair dans le calme. Un appel irrésistible, viscéral. Mon cœur s'accélère, mes doigts picotent, mes pensées se troublent. Il y a ce mélange étrange, un vertige, entre confusion et paix, un tiraillement entre deux mondes.

Parfois, c'est lourd, presque écrasant, comme si l'âme portait des siècles de douleur. D'autres fois, c'est d'une douceur infinie, un souffle d'amour suspendu.

Certaines âmes pleurent. Pas avec des larmes : avec leur énergie. Elles sont encore accrochées, incapables de se détacher du monde des vivants, de leurs regrets, de ce qu'elles n'ont pas dit. Alors, je les accompagne. Je leur tends la main. Je deviens ce passage. Cette faille lumineuse où elles peuvent enfin évoluer, vibrer autrement.

La mort fait peur, c'est vrai. Elle glace. Elle fige. Mais elle est inévitable, et, parfois, elle est plus douce qu'on ne le croit.

Je me souviens de Laurel. Son prénom résonne encore en moi comme un battement fragile. J'étais adolescente quand elle est venue. Un après-midi, j'ai posé mon crayon sur une feuille, et tout a basculé.

Je n'étais plus là. Je me suis retrouvée dans sa chambre, comme projetée dans un souvenir figé dans le temps. C'était un chaos vivant : des vêtements jetés sur le lit, des magazines ouverts au sol, des rideaux entrouverts laissant filtrer une lumière poussiéreuse. Et puis, il y avait cette clé. Une petite chose anodine, cachée au fond d'un tiroir entrouvert.

Mais ce n'est pas la clé qui m'a pétrifiée. C'est ce que j'ai vu ensuite. Une forêt. Dans une obscurité presque liquide. Et Laurel, baignée dans une lumière pâle, irréelle. Elle était là, debout, immobile.

Et sans savoir pourquoi, je savais. Son corps reposait là, quelque part sous les arbres. Elle avait disparu depuis quelques jours. Les journaux en parlaient, les photos tournaient. Mais, moi, je savais.

Je ne pouvais pas en parler. Comment expliquer l'inexplicable ? Comment raconter sans qu'on me prenne pour une folle ? Alors j'ai trouvé un autre chemin. J'ai semé des indices. Juste assez pour guider les recherches. Juste assez pour que quelqu'un la retrouve. Sans éveiller le moindre soupçon.

CHAPITRE 3

Liam

Je reste figé quelques secondes dans le hall d'attente, le cœur tambourinant dans ma poitrine, un poids sourd accroché au creux de l'estomac. Les murs crème, le sol moquetté, le léger grincement de la chaise de quelqu'un qui s'assied. Tout paraît banal, mais, pour moi, c'est un terrain inconnu, une mer agitée où chaque vague menace de me submerger.

Je me répète mentalement que je peux le faire, que c'est un pas nécessaire, mais mes mains sont moites, mes pensées brouillées. L'idée d'entrer dans ce bureau, de m'exposer à ces mots que je n'arrive pas à formuler me donne envie de fuir.

La porte s'ouvre, une voix veloutée m'invite. C'est l'instant décisif. Je me lève, avance comme dans un rêve, les muscles tendus, la gorge serrée.

— Bonjour, monsieur Miller. Je suis Rose Elder.

Elle m'accueille d'un ton léger, enveloppant, comme une couverture chaude posée sur mes épaules glacées. Je l'observe, ses yeux calmes et attentifs, ainsi que la pièce qui m'entoure : des tons neutres, un bureau en bois massif, qui semble vouloir contenir le chaos invisible que j'apporte. Les diplômes alignés sur le mur me donnent l'impression qu'ici, les douleurs ont un nom, une place.

Le divan m'attend. J'hésite. Mes mains se croisent nerveusement sur mes genoux, cherchant un point d'ancrage.

— Alors, monsieur Miller, en quoi puis-je vous aider ?

Je déglutis. La question paraît simple, mais c'est comme un labyrinthe dont je n'ai pas la carte.

— Je ne sais pas par où commencer.

Le silence entre nous est tendre, sans pression. Et pourtant, entre les mots embrouillés, les phrases qui m'échappent, j'arrive à énoncer que les relations sont difficiles chez moi. Après de longues minutes, je la regarde acquiescer, doucement, sans jugement.

— Très bien. Ça se passe toujours comme ça quand vous êtes en couple ?

Je ris nerveusement, un son bref, presque désolé.

— Comment dire...

— Laissez-vous aller. Laissez les mots venir.

Je fixe un point invisible, comme si je pouvais extraire une vérité de l'air. Je sens la tension dans mes muscles, le poids de mes propres barrières intérieures. Toute ma vie, j'ai appris à contenir, à masquer ce vide que je ressens. Dire que je suis incapable d'aimer, c'est comme admettre une faiblesse que je redoute. Mais là, devant elle, son silence m'autorise à lâcher prise.

— La personne semble parfaite. Tout me plaît chez elle. Mais je suis incapable de ressentir de l'amour. C'est comme si ce n'était jamais « ça ». Et ça finit toujours par un échec.

Elle ne répond pas. Son silence est un accueil, une invitation à creuser plus loin.

— Vous ne posez pas de questions ?

— Dites-moi ce que vous ressentez, ce qui vous traverse l'esprit. Vos émotions, vos sensations. Parlez-moi de votre inconfort ou de votre malaise. Êtes-vous en relation actuellement ?

J'hésite encore un instant. M'ouvrir n'est pas naturel. J'ai appris à me tenir droit, à me contenir. Mais quelque chose en moi, doucement, se fissure.

— Oui, je suis en couple. Et comme toutes mes relations précédentes, elles me disent toutes que je ne fais pas d'effort. Que je ne montre pas que je les aime. Que je suis là physiquement, mais absent émotionnellement.

Je m'arrête. Mes doigts se crispent sur ma cuisse. Je me sens nu, vulnérable, exposé.

— C'est difficile de mettre des mots.

— Jetez-vous à l'eau. Sans crainte.

Cette phrase. Elle m'électrise. « Jetez-vous à l'eau. » Comme un ordre doux, mais ferme. Une permission. Je sens que la barrière que j'ai construite depuis des années vacille.

— C'est étrange ce que vous dites. J'ai un flash… une scène liée à l'eau.

Elle incline légèrement la tête. Je poursuis, guidé par une image floue qui monte à la surface, comme une vague refoulée qui revient.

— Ce ne sont que des fragments. J'avais environ huit ans. Je jouais près d'un lac gelé et je suis tombé dans l'eau. Une eau glaciale. J'ai le souvenir d'une panique sourde, d'un froid qui m'a transpercé jusqu'aux os.

Ma voix se brise un peu. Je n'avais jamais raconté ça.

— Je me souviens d'un regard. De quelqu'un sur la berge. Je ne sais pas si c'était réel ou seulement mon imagination. Mais j'attendais qu'on me tende la main. Et personne ne le faisait.

Elle ne dit rien. Pendant de longues secondes, elle ne dit rien. Elle m'offre un silence pour accueillir cette douleur enfouie avant de reprendre :

— Très bien, souffle-t-elle avec bienveillance. Nous avons déjà fait un grand pas aujourd'hui. Nous reprendrons à partir de là lors de notre prochaine rencontre.

Elle marque une légère pause, me regarde droit dans les yeux.

— Et si jamais quelque chose devient trop lourd d'ici là, n'hésitez pas à m'appeler. Je suis disponible en cas de besoin.

Je hoche la tête, un peu sonné. Comme si j'avais ouvert une porte scellée depuis longtemps.

Je la remercie d'une voix basse. Elle me tend une carte avec la date du prochain rendez-vous, et son sourire bienveillant m'accompagne jusqu'à la porte. Je quitte le cabinet, l'estomac noué, mais étrangement plus léger. Comme si parler n'avait pas tout réglé, mais venait de déplacer un caillou. Juste assez pour que l'eau recommence à couler.

* * *

J'enfile mes santiags. Le froid est mordant dans l'air du soir. Je sors et m'installe sur une botte de paille, juste sous le vieux réverbère qui éclaire faiblement l'entrée de l'écurie.

Je suis un amoureux des chevaux. Leur souffle calme me réconforte. Ils ne me jugent pas. Ils écoutent sans parler.

Être responsable d'un ranch, c'est un rêve devenu réalité. Un rêve qui m'a tenu debout quand tout le reste vacillait. C'est un monde de silences, de gestes simples, de vérités brutes.

Je suis aussi massothérapeute. Un paradoxe, peut-être. J'offre aux autres le toucher que je n'arrive pas à donner à ceux que j'aime. Dans mes soins, je suis présent, ancré, attentif. Mes clients s'abandonnent, confiants. Et moi, je me tiens là, solide. Mais dans l'intimité, c'est une autre histoire.

Je pense à Geneviève. Deux ans. Deux années d'un équilibre fragile, maintenu à bout de souffle. Mais aujourd'hui, tout s'est effondré.

* * *

En rentrant de la rencontre chez ma psychologue, je trouve cette femme dans la pièce, cette silhouette familière dans la lumière tamisée. Une casserole fume doucement sur la cuisinière, une odeur de sauce tomate s'élève et envahit l'air, comme un écho chaleureux d'un bonheur qui me semble déjà loin. Cette odeur me happe, réminiscence d'un passé où les rires et la complicité remplissaient la pièce.

— Allô, mon chéri. Les pâtes sont prêtes.

Elle dépose les assiettes sur une nappe fleurie, avec cette précision presque cérémonielle, comme si chaque geste pouvait sauver ce qui reste, comme si elle espérait que ce simple rituel serait encore précieux, encore suffisant.

— Merci.

Nous nous asseyons face à face, les assiettes fumantes entre nous. Le goût des pâtes se perd dans mon esprit, j'ai l'impression de mâcher un mirage. Pas seulement pour la nourriture, mais pour tout ce qui pourrait m'apporter un réconfort.

— Tu n'as pas faim ?

Geneviève pose la question d'une voix douce, mais teintée d'une inquiétude qu'elle ne masque plus.

— Pas vraiment. J'ai encore du travail ce soir.

Son regard croise le mien. Une lassitude douce-amère voile ses yeux, une fatigue lourde d'espoirs déçus. Sa voix se brise, soudain plus vulnérable, comme si elle s'autorisait à révéler sa peine.

— Tu me manques, Liam.

Je sens ce poids sur ma poitrine, cette attente muette, ce besoin d'un signe, d'une parole qui pourrait tout réparer.

— Je suis désolé.

Mais mes mots sonnent creux. Ils n'effacent pas l'espace entre nous.

— Tu n'es pas là avec moi.

Ses mots sont un couperet. Ils tombent, tranchants et vrais.

— Mais si, je suis là.

Je mens, et je le sais.

— Ah oui ? Et où es-tu en ce moment ? À cet instant ?

Je détourne les yeux, fuyant ce regard qui me déshabille. À l'intérieur, un vide immense, une absence que je ne peux combler.

— Je ne sais pas. Je ressens un vide. Un gouffre. Comme si quelque chose m'avait échappé depuis longtemps.

Elle me regarde, ses yeux pleins d'une douleur que je refuse d'affronter.

— Tu crois que moi, je ne ressens rien ? Moi aussi, j'ai mal. Je fais des efforts pour te rendre heureux, et j'ai l'impression de parler à un mur. Une relation, c'est à deux. C'est fait d'élans, de regards, d'écoute.

Elle baisse les yeux, la force la quitte peu à peu. Des larmes roulent silencieusement sur ses joues, témoins impuissants de ce qui se défait.

Je la regarde, incapable de la retenir, de dire ce qui pourrait tout changer.

— Tu as raison, Geneviève. Je crois que… je ne peux pas te donner ce que tu mérites.

Le silence s'installe. Elle se lève lentement, comme si son corps portait un poids trop lourd pour continuer.

— J'ai compris. Je vais aller chez ma sœur. Je viendrai chercher mes affaires cette semaine.

Elle s'essuie les joues avec le revers de sa manche, puis son regard, distant, me traverse sans s'y accrocher.

— Je suis désolé.

Mais il est trop tard.

Elle s'éloigne, et je reste seul, figé, les mains ouvertes sur la table comme si je voulais retenir un avenir déjà perdu.

Était-ce vraiment de l'amour ? Ou simplement une tentative désespérée de saisir une stabilité fragile, un refuge contre le chaos de mes pensées ? Je voulais y croire, peut-être pour me prouver que j'en étais capable, que je pouvais m'ouvrir, me livrer. Mais, au fond, un murmure persistant refuse de se taire : ce lien n'a jamais trouvé sa pleine intensité, jamais vraiment traversé la surface.

Je me rends à l'écurie, ce sanctuaire silencieux où le monde extérieur s'efface. Devant le box de Joe, je m'arrête un instant, pour ralentir le cours du temps. Ma main effleure doucement sa mâchoire, puis glisse dans sa crinière douce et soyeuse. Il est fort, vif, mais toujours attentif, présent. Sa respiration lente et régulière devient le rythme apaisant auquel je m'abandonne. Il ferme les yeux quand je le touche, comme pour me dire qu'il me reconnaît, qu'ici, avec lui, je n'ai pas besoin de mots ni de faux-semblants.

Je me connecte à lui, à son souffle profond, au battement tranquille de son cœur. Respirer à travers lui, sentir sa chaleur sous ma paume, c'est me rappeler ce que j'ai tant de mal à offrir aux femmes : une présence vraie, stable, vivante. Avec Geneviève, je n'ai jamais su créer cette chimie, ce lien sincère. J'ai dressé un verrou invisible à l'intérieur de moi, une barricade que je n'ai jamais osé franchir. Peut-être n'est-ce pas elle, peut-être que c'est moi qui refuse de me laisser approcher.

Je termine mes corvées, le cœur lourd, le moral au plus bas. Un vent froid balaie la plaine. Il traverse mon manteau et glisse jusque sous ma peau. Au-dessus de moi, le ciel est constellé d'étoiles, éclats froids et lointains qui semblent me regarder sans jugement. Dans ce silence enveloppant, une prière fragile s'élève, un souffle à peine audible : peut-être, un jour, quelqu'un verra au-delà de mes masques, de mes silences, et fera enfin tomber les barrières.

CHAPITRE 4

Solène

Les gros nuages noirs ont quitté le ciel, chassés par un souffle doux, et le soleil, timide, réchauffe enfin l'atmosphère comme une caresse lente. Assise à mon bureau, je ferme les yeux quelques secondes, laissant les rayons tièdes glisser sur ma peau, s'insinuer sous mes vêtements, me rappeler que je suis en vie. Un instant suspendu.

On frappe. Eddie, mon patron, entre, deux dossiers à la main. Des cheveux teints un peu trop foncés, trahissant ce qu'ils cherchent à cacher. Il sent fort la lotion après-rasage, comme s'il essayait d'effacer quelque chose. Il parle, mais je ne l'écoute qu'à moitié, perdue dans mes pensées.

— Solène, j'ai besoin de ta nécro avant 16 heures. Un monsieur Fortin, 87 ans, et une femme de 50 ans, me lance-t-il en déposant les documents sur mon bureau.

J'acquiesce.

Il referme la porte. Je respire. La routine commence. Ou plutôt, le rituel.

Je prends une feuille. Un crayon. Le silence devient dense. Mon cœur ralentit.

La famille et les proches ont la profonde tristesse de vous annoncer le décès de monsieur Armand Fortin, 87 ans. Il laisse dans le deuil sa femme, feue Denise, sa fille Monique…

Un frisson glacé me traverse la nuque. Mon souffle se suspend.

Je lève les yeux. Et il est là.

Un homme. Le regard égaré. Les rides sculptées comme les sillons d'un voyage trop long. Une auréole blanche entoure sa tête. Il semble flou, irréel, mais résolument présent.

— Bonjour, monsieur Fortin. Je suis Solène.

Il me fixe, déboussolé.

— Comment pouvez-vous me voir ? J'ai essayé de parler aux gens, personne ne me répond. Même pas ma fille…

— J'ai ce privilège. Je suis chargée de rédiger votre nécrologie.

Il pâlit. Son souffle hésite.

— Je suis mort ?

— Oui. Je suis désolée. Vous ne vous souvenez pas ?

Un long silence.

— Si, maintenant que vous le dites… oui. Que dois-je faire ? Il y a une lumière ? Un tunnel ?

— Je ne sais pas. Mais touchez-moi. Et je verrai un moment de votre vie. Quelque chose qui vous définit.

Il tend la main. Sa paume frôle la mienne.

Et soudain, tout bascule.

L'odeur de l'herbe fraîche. Le ciel, vaste, constellé. Il est allongé, main dans la main avec une femme. Ils attendent. Une étoile file. Puis une autre. Et encore une. Il pleure, mais doucement. Ce sont des larmes d'émerveillement.

Une pluie d'éternité.

Je rouvre les yeux. La gorge nouée.

— Je verrai maintenant toutes les Perséides du monde danser devant mes yeux, aux côtés de mon amour, Diane.

Armand Fortin.

Je rédige l'article, le cœur un peu serré, puis j'envoie le texte. Trois profondes respirations. Toujours trois. Je me vide. Je me recentre.

Une autre âme approche.

Nous avons la profonde tristesse d'annoncer le décès de madame Magalie Bureau, à l'âge de 50 ans…

— Où suis-je ? demande une voix douce.

Une femme apparaît. Rousse. La peau constellée de taches de rousseur. Les traits fatigués mais paisibles.

— Bonjour, je suis Solène. Vous allez bientôt passer dans un endroit de paix.

Elle sourit, doucement.

— Je ne souffre plus. J'étais malade. J'ai eu le temps de dire adieu. J'étais prête.

— Je suis heureuse pour vous. Touchez-moi. Montrez-moi un souvenir.

Ses doigts, légers comme une plume, effleurent les miens.

Elle marche. Lentement. En robe blanche. Le soleil couchant fait briller le tissu comme de la soie vivante. Autour, les vignes sont en silence. Tous retiennent leur souffle. Lui, au bout de l'allée, ne voit qu'elle. Intensément. Comme s'il la regardait pour la première fois.

On ne peut tuer l'amour. L'amour est éternel.

Magalie Bureau.

Elle disparaît.

Je termine le texte. J'appuie sur « envoyer ». Puis je m'étire, les jambes un peu engourdies par des heures passées devant l'écran. La journée a filé sans que je m'en rende compte : trier et retoucher les photos, peaufiner la mise en page, corriger les textes, envoyer les articles aux médias, programmer les publications en ligne. Une mécanique bien huilée, presque rassurante. Mais maintenant que tout est fait, le silence me rattrape. Je me lève, les jambes un peu flageolantes. Ce soir, j'ai besoin de mouvement. De chaleur. D'un corps. De m'ancrer à la terre.

* * *

Je regarde autour de moi. Mon appartement me semble étroit, saturé d'ombres et de pensées que je n'ai pas envie de croiser. Mon reflet dans la fenêtre me fixe, un peu trop lucide, un peu trop vrai. Je détourne les yeux.

J'enfile ma veste, prends mes clés. Pas pour fuir. Plutôt pour me retrouver ailleurs, dans une autre lumière. Je veux du bruit, de la vie. Quelque chose qui pulse, qui cogne, qui me rappelle que je suis faite de chair et de désir.

Le trottoir est encore tiède, vibrant de fragments de voix, de rires, de musiques lointaines. Mes talons claquent, affirmés, déterminés. Ce soir, je ne veux pas penser. Je veux sentir.

Je pénètre dans un bar, vêtue d'un jean bleu et d'une blouse légère à petites fleurs jaunes. Mes cheveux tombent librement sur mes épaules. La musique me prend au ventre, un rythme sauvage qui secoue mes pensées comme une tempête bienfaisante.

Un pas en avant, un en arrière, à gauche, à droite. On tourne. Mes hanches suivent, mes bras se délient. C'est vital. Je me nettoie du froid des âmes, du silence des hommes, de la solitude qui me colle à la peau comme une seconde sueur.

Le célibat a ses avantages. Je suis libre. J'aime le contact, les regards, les pulsations. Certains me jugent, m'appellent une croqueuse d'hommes. Je les laisse dire. Je suis honnête. Je ne mens pas, je ne triche pas. Ce que je prends, je le rends. Pas plus, pas moins.

Au bar, je commande un martini. Olive incluse. Toujours l'olive. Elle me donne une raison de faire tourner le verre entre mes doigts, comme si j'étais encore en train d'attendre quelque chose.

— Je t'offre un verre ?

Un homme s'est approché. Clin d'œil maladroit. Il n'est pas laid. Pas fascinant non plus. Mais ce soir, je ne cherche ni poète ni mystère. Juste une vibration, un peu de présence.

— Merci. Je suis Solène.

— Olivier.

Il porte un jean délavé, un t-shirt noir un peu trop serré. Quarantaine assumée, cheveux très courts, haleine mentholée. Il s'installe près de moi, déjà convaincu de son effet.

— Tu es très jolie, Solène. Tu fais quoi dans la vie ?

— J'écris.

Je ne précise rien d'autre. Inutile de complexifier les choses. La nuance n'a pas sa place ici.

— Je suis peintre. Commercial, ajoute-t-il après une pause.

— Tu veux danser, Olivier ?

Il acquiesce, les yeux brillants comme ceux d'un chien à qui l'on vient de jeter une balle. Sur la piste, il pose ses mains sur mes hanches, m'embrasse dans le cou. Je frissonne. Son envie me réchauffe un peu, effleure la surface. C'est suffisant. Pas bouleversant, mais suffisant.

Il murmure :

— Tu me fais de l'effet.

— Tu veux aller ailleurs ?

— Bonne idée. Tu habites loin ?

— Oui, très loin.

Il propose un motel. Pourquoi pas ? Une chambre impersonnelle, des murs beige pâle, un couvre-lit aux motifs démodés. Un lieu sans mémoire, parfait pour oublier.

Il m'embrasse avec empressement, retire mon haut, découvre mon soutien-gorge en dentelle avec l'enthousiasme d'un adolescent. Il se déshabille en désordre, enfile un préservatif comme on coche une case. Nos corps se cherchent, se frottent, s'agitent. Il jouit trop vite.

— Désolé, j'étais trop excité. On peut recommencer tout à l'heure ?

Il s'allonge. Et se met à ronfler. Tout simplement. Comme si j'étais un rêve déjà digéré.

Je reste là un instant, nue dans l'écho de son souffle rauque. Une main sur mon ventre. Vide.

Puis je me rhabille en silence. Je quitte le motel sur la pointe des pieds, mes talons étouffés dans la moquette râpée. Bye-bye, Olivier. Ta façon de draguer était aussi prévisible que ta performance.

Je marche sans me retourner, les mains dans les poches de ma veste. L'air de la nuit est humide, chargé d'un silence épais que même mes talons ne brisent pas. Chaque pas me ramène à moi. À ce corps encore tiède. À ce cœur qui refuse obstinément de s'emballer.

La ville dort à moitié. Un lampadaire clignote. Une enseigne lumineuse bourdonne doucement. Des fragments de vie sont suspendus dans l'entre-deux heures.

Je rentre chez moi. Mon appartement sent la lavande séchée et la solitude bien ordonnée. Je retire mes chaussures, balance mon sac sur le canapé, allume une lampe. Lumière tamisée, suffisante. J'ouvre la fenêtre. Une brise s'infiltre, fraîche et honnête.

Je me sers un verre de vin. Je bois à petites gorgées. Pas pour fêter. Pas pour oublier. Juste pour m'accompagner.

Je m'assois sur le lit. Mon soutien-gorge retiré, mes jambes croisées. Le silence m'enveloppe, mais ce n'est pas un ennemi. C'est un miroir. Et je m'y regarde.

Ce qui me manque, c'est un regard qui voit au travers. Pas au travers du chemisier. Pas au travers des sourires. Mais au travers du masque. Un regard qui ne veut rien prendre. Juste rester. Être là. Simplement.

Je ferme les yeux. Je me demande si, quelque part, quelqu'un ressent ce même vide. Cette même fatigue d'exister sans s'ancrer. Peut-être que la solitude n'est pas une fatalité, mais une traversée.

Je me couche. Les draps sont froids, mais je ne lutte pas. Je m'y abandonne. Comme chaque fois. Dans cette nuit qui me connaît mieux que quiconque.

CHAPITRE 5

Liam

Je m'allonge sur le récamier dans le cabinet feutré de madame Elder. Le silence est ouaté, presque liquide, à peine troublé par les bruissements du vent dans les lattes des volets en plastique. Une lumière douce s'infiltre, dessinant des ombres tremblantes sur le mur. Mon regard se perd dans ces motifs mouvants tandis qu'une tension sourde m'enserre la poitrine, comme une main invisible appuyée juste sous mon sternum.

— Mon cœur s'est arrêté ce jour-là. En croisant son regard, sans même voir son visage, j'ai senti une force, une lumière. C'était comme… comme si elle m'avait transpercé l'âme. Vous allez me prendre pour un fou.

— Bien sûr que non. Continuez. Dites tout ce qui vous passe par la tête.

Je ferme les yeux, et un frisson me parcourt l'échine. Les souvenirs remontent comme des bulles éclatantes dans l'eau calme de ma conscience.

— J'ai vu son âme venir toucher la mienne. Je crois que c'était ça. Une clarté aveuglante, brûlante… comme un soleil. Et depuis, je n'arrive plus à m'en souvenir. C'est flou. C'est là, mais inaccessible.

Un silence bienveillant s'installe. Puis sa voix, plus douce encore :

— J'ai quelque chose à vous proposer. Connaissez-vous l'hypnothérapie ?

— Comme Messmer ?

— Non, pas tout à fait. L'hypnose permet de se connecter aux ressources de votre inconscient. Dans cet état, votre esprit part en voyage. Vous pouvez utiliser votre imagination plus librement, trouver de nouvelles réponses à vos conflits intérieurs, raviver des souvenirs enfouis, apaiser les douleurs, calmer le mental…

— Pourquoi pas ?

Peut-être qu'enfin, je découvrirai ce que je ressens vraiment, la racine de ce vide qui me serre la gorge et m'empêche d'avancer. Peut-être que je pourrai me libérer de ce poids invisible qui empoisonne mon présent.

— Mettez-vous à l'aise. Assis ou allongé. Vous resterez conscient, mais vous serez entre le sommeil et l'état d'éveil. Concentrez-vous sur le son de ma voix. Inspirez… Expirez…

— Je ferme les yeux ?

— Comme vous le sentez.

Je les clos. D'abord, je perçois le bruissement léger de mes vêtements contre le fauteuil, le craquement du cuir sous mon dos. Mon cœur bat plus fort, cherchant un repère dans ce silence suspendu.

Ma respiration devient lente, profonde. Je sens mon corps s'alourdir, comme s'il s'enfonçait doucement dans le siège. Mon esprit, lui, commence à flotter entre deux mondes.

— Laissez venir les sensations, poursuit-elle. Imaginez que vous descendez un escalier, marche après marche… À chaque pas, vous vous sentez plus calme, plus léger…

Ses mots deviennent des vagues. Ils m'enveloppent, m'emportent. Une chaleur diffuse glisse dans mes bras, puis dans mes jambes. Les contours de la pièce s'effacent. Tout devient flou, lointain.

Une sensation étrange monte en moi, familière et déstabilisante : comme si j'étais à la fois ici et ailleurs. Une part de moi écoute encore sa voix, ancrée dans la réalité, tandis qu'une autre dérive vers quelque chose de plus profond, de plus ancien.

Puis, le vertige s'installe. Subtil d'abord, puis plus fort. Mon thorax se contracte, oppressé par une solitude si dense qu'elle me transperce. J'ai envie d'appeler, de tendre la main, mais tout bouge au ralenti.

— Très bien… laissez simplement passer, murmure-t-elle. Ce que vous ressentez. Ne cherchez pas à vous faire peur. C'est une porte qui s'ouvre.

Ses mots résonnent comme un écho lointain. Une porte, oui, mais vers quoi ?

— Qu'est-ce que vous voyez devant vous ?

— Une fenêtre… fermée. Je suis… incapable de l'ouvrir. J'étouffe. J'ai l'impression d'être enfermé en moi-même.

— D'accord. Décrivez-moi cette fenêtre.

— Grande. Encadrement en bois ancien. Il y a une serrure, mais je n'ai jamais trouvé la clé.

— Pouvez-vous l'ouvrir maintenant ?

— J'ai une clé… dans ma main droite. Je ne sais pas d'où elle vient.

— Que se passe-t-il si vous insérez la clé ?

— C'est difficile… mes doigts tremblent. Mais… oui. J'y arrive. La fenêtre s'ouvre en grand, lentement. L'air entre. Un souffle chaud m'envahit. Je… vois un paysage magnifique. C'est irréel. Apaisant.

— Que représente cette chaleur ?

— La beauté… le calme… la sérénité. Tout ce que j'ai perdu.

Je m'appuie contre le cadre, comme si j'avais besoin de m'ancrer pour ne pas m'effondrer.

— Que se passe-t-il si vous franchissez la fenêtre ?

— La lumière m'enveloppe. Les rayons illuminent le sommet d'une montagne lointaine. Des chevaux galopent à travers la plaine. Et là, au loin… une femme. Assise. De dos. Cheveux blonds, frisés. Elle ne bouge pas. Je ne vois pas son visage. Mais je la reconnais. Au fond de moi, je sais que c'est elle.

— Très bien, monsieur Miller. Et maintenant, vous pouvez commencer à ramener votre attention à la pièce où nous sommes… Sentez à nouveau le contact du siège sous votre dos, la température de la pièce, les sons autour de vous… Quand vous serez prêt, vous pourrez inspirer profondément et ouvrir les yeux en ramenant avec vous tout ce calme et ce bien-être.

Mes paupières s'ouvrent doucement. Je suis à nouveau dans le bureau.

— Prenez le temps de vous « réancrer »… Comment vous sentez-vous maintenant ?

— Je ne sais pas trop. J'ai l'impression de ne pas avoir bougé d'ici et en même temps d'être parti ailleurs.

— Je crois que nous avons ouvert quelque chose en vous, et nous reprendrons à la prochaine séance.

Je suis encore sous le choc. Cette femme… je suis certain qu'elle est liée à ce qui m'est arrivé ce jour-là. Elle est la clé de tout. Je quitte le cabinet, l'esprit troublé, mais étrangement plus léger.

En milieu de journée, je rejoins l'écurie. Le silence des chevaux me réconforte. Je prends une fourche, étends la paille fraîche, nettoie les box, nourris les bêtes. Le corps en action, la tête ailleurs.

Le soleil décline, teignant le ciel d'un rouge incandescent. Une balade au grand air. Voilà ce qu'il me faut. Je brosse lentement mon étalon noir et blanc, caressant son flanc avec tendresse. Il sent ma nervosité. Je pose le tapis, ajuste la selle, serre la sangle, règle les étriers, j'y dépose le pied gauche, main sur le pommeau. Et hop, en selle. J'inspire profondément. La connexion est immédiate. Lui et moi ne faisons qu'un.

Au rythme régulier de ses sabots, je me laisse porter. Puis, je le pousse au trot. Mon cœur s'emballe. L'adrénaline monte. Galop. Le vent fouette mon visage, efface mes pensées. Cette sensation… La liberté pure. Le monde entier disparaît.

Mais soudain, mes paupières papillonnent. Un flash. La séance. Cette lumière. Cette femme. Je freine net. Le cheval renâcle. Je secoue la tête, ferme les yeux… plus rien. Le vide.

Un frisson me traverse l'échine. Était-ce un effet secondaire ? Ou un souvenir qui tente de remonter à la surface ? Je fais demi-tour. La fatigue me rattrape. Un besoin urgent de repos m'envahit.

CHAPITRE 6

Solène

Sous la douche, les gouttes chaudes ruissellent sur ma peau, glissent entre mes omoplates, et m'enveloppent d'un cocon de vapeur. En massant lentement mes cheveux avec le shampoing, je laisse mes pensées dériver vers ma journée. Un frisson inattendu me parcourt, glacé, infiniment troublant. Aujourd'hui, j'ai rencontré l'âme d'un enfant de huit ans, Nathan Bilodeau. Et chaque fois qu'un enfant apparaît, c'est comme si une partie de mon cœur se fissurait un peu plus.

Je fonds en larmes, incapable de contenir ce flot d'émotions pures, brutes. Quand il a serré ma main, j'ai senti toute la tendresse du monde contenue dans cette petite paume. C'était de l'amour dans son état le plus simple, le plus désarmant. Un lien d'une limpidité bouleversante. Ce n'est pas ce qu'il a dit qui m'a marquée : c'est ce qu'il m'a fait ressentir. Et puis, cette vision : un ventre rond, une vie à venir. Il va revenir. Bientôt. Une réincarnation, sans le moindre doute. J'ai vu le bébé. J'ai vu la lumière qui palpitait sous la peau. J'ai vu l'espoir. Et dans cet espoir, j'ai senti quelque chose se rallumer en moi. Comme une braise oubliée qui reprend vie sous une caresse d'air tiède. Un souffle venu d'ailleurs, l'écho d'un avenir encore flou, mais qui me tend déjà la main.

Soudain, la sonnerie du téléphone brise le silence, je sors de la douche en vitesse, trempée, l'eau traçant des chemins sur le carrelage. J'attrape une serviette, l'enroule autour de moi, une autre autour de mes cheveux trempés. En tentant de saisir mon cellulaire, il m'échappe des mains et atterrit par miracle sur le couvercle fermé de la toilette. Je réponds sans regarder l'écran.

— Allô ?

— Solène, c'est maman. Tu es essoufflée, tout va bien ?

— Bonjour, maman. Oui, je viens juste de sortir de la douche. Votre voyage s'est bien passé ? Papa a aimé ?

Je passe en mode mains libres et pose le téléphone sur le coin du lavabo. Mes doigts essorent machinalement mes boucles blondes.

— C'était fantastique, mais, mon Dieu ! quelle chaleur !

— Eh bien, c'est normal dans un pays chaud, maman.

Elle rit. Je souris, malgré moi.

— Je voulais te dire que nous sommes de retour. Passe quand tu veux ; je t'ai rapporté des souvenirs. On s'est ennuyés de toi.

Encore des souvenirs. Comme si une babiole en plastique pouvait vraiment créer un pont entre elle et moi. Ces objets finissent toujours au fond d'un tiroir, ou dans la poubelle. Poussière sur la poussière.

— Parfait, je viendrai bientôt. Salue papa.

— Bye, ma chouette !

Je l'aime, ma mère, mais elle entre dans ma vie comme un ouragan parfumé au détergent à vaisselle. À chaque visite, je suis en alerte. Elle ne comprend rien à mes choix modernes ; elle pense encore que payer une facture en ligne, c'est se faire voler son âme par Internet. Et, chez moi, c'est son terrain de jeu : elle range, elle fouille, elle commente. Rien n'échappe à son regard scrutateur.

Je l'imagine déjà ouvrir mon placard et tomber sur mon tiroir à lingerie. Elle ferait un commentaire du style : « Pourquoi tous ces dessous si tu n'as personne à qui les montrer ? » Ou pire, elle se mettrait à spéculer. Non merci.

Je me regarde dans le miroir embué. Mes cheveux dessinent des spirales indomptables. Mes yeux verts brillent d'une lumière trouble. Je choisis un pantalon gris cendré, un débardeur noir à bordures argentées et des sandales à talons. Ce soir, j'ai donné rendez-vous à Luke. Un ancien amant, bavard, mais doué. Très doué.

* * *

Au bar, la musique pulse à travers mon corps. Je danse sans réfléchir, portée par le rythme. Je redeviens fluide. Je redeviens vivante. Puis je le vois. Une silhouette. Une âme.

Il est là, au milieu de la foule. Et il me regarde. Un regard qui traverse la chair, qui me reconnaît. Mon cœur s'arrête une seconde. Jusqu'ici, la seule âme que j'avais vue sans écrire, c'était celle de ma grand-mère. Est-ce que mon don évolue ? Est-ce que le voile entre les mondes s'amincit ?

Il me voit, j'en suis certaine. Et s'il me voit, c'est qu'il y a une raison.

Je me fraie un chemin vers lui, mais il disparaît. Mon souffle se bloque. J'ai chaud. Trop chaud. Je quitte le bar, l'air de la nuit me gifle doucement, et je marche jusqu'à un banc sous un lampadaire. Je m'y laisse tomber. La nuit est douce, les étoiles vibrent là-haut, comme des murmures anciens. Je me demande si le destin est vraiment écrit quelque part, là, entre deux constellations.

Et puis, un frisson.

Il est là.

Je tourne la tête. Il est assis à côté de moi. On dirait qu'il vient juste de comprendre qu'il n'est pas seul.

— Bonsoir, dis-je doucement.

— Où suis-je ? demande-t-il, déboussolé.

— À Aster. Vous souvenez-vous de votre nom ?

— Je… Non. Aster ?

— Oui. Comme la fleur. Elle colore les montagnes en automne.

— Ça doit être beau.

— Quel est votre dernier souvenir ?

— Vous.

Je retiens un frémissement.

— Est-ce qu'on peut se tutoyer ? Je m'appelle Solène.

— D'accord, Solène. Tu disais ?

— J'ai le don de voir les esprits lorsque je pose un crayon sur un papier. Et toi…

— Je suis mort ? interrompt-il. Non… Je m'en souviendrais, non ?

Je sors un crayon de mon sac.

— Essaie de le prendre.

Il tend la main qui passe au travers du crayon. Deux fois. Trois. Rien. Je vois la panique s'installer dans ses yeux.

— Je suis désolée de te l'apprendre.

— Mais, pourquoi je ne me souviens de rien ? Et maintenant ? Qu'est-ce que je fais ?

— Je ne sais pas. Ce n'est jamais comme ça. Normalement, je trace une ligne. Une âme apparaît. Me touche. Puis elle part. Mais là…

— C'est effrayant !

— Tu ne te rappelles même pas d'où tu viens ?

— Non. Rien. Le néant. Tu crois que c'est dangereux ?

— Non. Mais peut-être que si tu me touches…

Je tends la main. Il la saisit. Une secousse me traverse, comme un éclair dans la poitrine. Mon souffle s'échappe. Et il disparaît.

Je reste là, sous le lampadaire, tremblante. C'était différent. Quelque chose change en moi.

Quelques minutes plus tard, je retourne à l'intérieur. Luke est penché au bar. Son crâne rasé et sa veste en cuir lui donnent un air de motard — sans moto. Je ne sais plus si j'ai envie de sexe mécanique ou de solitude. Cette rencontre m'a bouleversée.

— Te voilà ! J'ai envie de te baiser. Là, tout de suite, dit-il en me caressant une fesse.

— Je crois que je vais rentrer, Luke. Je ne me sens pas bien.

— J'ai le remède qu'il te faut. Je vais te faire jouir comme jamais.

Je repense à l'une de nos aventures. Sur son bureau, mes jambes grandes ouvertes, sa langue jouant sur mon clitoris, insistante, me menant à l'orgasme. Puis, il m'avait prise avec fougue, agrippant le bureau, m'amenant au plaisir une seconde fois avant de jouir à son tour.

— On se reprendra, Luke.

— Tu es sûre ? Tu vas manquer quelque chose. Je suis bien dur.

— Je te téléphone.

Mais je ne le rappellerai pas. Il trouvera une autre fille dans l'heure, j'en suis sûre.

De retour chez moi, j'enlève mes souliers et me sers un verre de chardonnay. Ce vin me rappelle Sabine, mon amie d'enfance, décédée dans un accident de voiture. Un camion a brûlé un feu rouge et l'a fauchée. Une perte déchirante. C'est étrange d'être si proche de la mort, et pourtant si loin.

Je me souviens de nos soirées, jadis, à boire du vin, à parler des hommes, de nos vies. Elle aussi était marginale. Elle aimait les femmes, et, à l'époque, ce n'était pas simple. C'est avec elle que j'ai eu mes premières expériences. Cela a confirmé son orientation.

Dans sa chambre d'adolescente, on regardait un film quand elle a dit :

— Je suis loin d'être prête pour un copain. Je n'ai jamais embrassé personne.

— Moi non plus.

Elle m'a regardée, mal à l'aise.

— Solène, j'aimerais que tu m'embrasses.

— Quoi ? T'es cinglée ?

Elle a ri.

— On est meilleures amies. Je veux juste expérimenter pour ne pas être nulle avec un garçon. Tu comprends ?

Je suis restée muette.

— Oublie ça, a-t-elle dit.

Je l'ai regardée. L'idée me dérangeait un peu, mais Sabine était belle, et nous étions inséparables. J'ai accepté. Et en vérité, j'avais envie d'essayer.

Face à face, on restait là, à se regarder. Après un moment, elle s'est penchée vers moi. J'ai fermé les yeux. Mes mains sont devenues moites. J'ai entrouvert les lèvres et caressé sa langue de la mienne, comme dans les films. C'était maladroit, doux. Nos mains restaient immobiles. J'ai senti des frissons, mais je savais que j'aimais les hommes. Puis, elle a glissé une main dans mes cheveux. Nos respirations sont devenues haletantes. Nos gestes plus assurés. Sa main a effleuré ma poitrine. On s'est arrêtées là.

Je dois à Sabine mon premier baiser. Elle ne m'a jamais jugée quand je lui ai confié mon don. Elle m'aurait suivie dans mes aventures, aurait cherché avec moi la vérité sur cette âme mystérieuse.

Je termine mon verre de vin et m'écroule sur mon lit. Le plafond me fixe, silencieux, complice de mes pensées éparses.

C'est souvent comme ça que ça commence : une ligne de crayon, fine, presque banale. Mais dès que la mine touche le papier, quelque chose se déclenche. Une pulsation. Une ouverture.

Je ne dessine pas. Je ressens.

L'âme vient à moi sans prévenir, glissant entre les traits comme une encre invisible. Elle m'effleure, m'envahit, me traverse. Et, chaque fois, c'est une déflagration. Une charge émotionnelle si forte que j'en perds parfois la notion de moi-même.

Le papier devient un seuil. Un territoire fragile entre deux mondes. Et moi, je suis juste là, médium désarmée, à tenter de comprendre ce que ces présences cherchent à me dire.

Parfois, c'est beau. Parfois, c'est trop. Parfois, c'est si intense que j'ai l'impression que ce n'est plus moi qui vis, mais elles, à travers moi.

Je me demande si ce don changera. Si, un jour, les visages viendront sans prévenir, dans la rue, dans mon sommeil, dans les miroirs. S'ils me suivront partout. Ou au contraire, si tout disparaîtra. Si un matin, le silence se fera. Si un jour, le crayon cessera de vibrer.

Et qu'est-ce que je serai alors ? Juste une femme avec trop de souvenirs qui ne lui appartiennent pas ?

Personne ne m'a jamais donné le mode d'emploi. Personne pour m'expliquer comment supporter cette marée invisible. Personne pour me montrer comment rester entière quand chaque âme que je croise laisse une empreinte en moi. Je navigue à l'aveugle, avec pour seuls repères les frissons sur ma peau, les larmes qui montent sans prévenir et ce vide étrange une fois qu'elles s'en vont.

CHAPITRE 7

Liam

La nuit n'a pas été tendre. Un brouillard lourd a enveloppé mes pensées, les peuplant d'images floues et de sensations étrangement réelles. Une chaleur brûlante, puis un froid glacial. Et soudain… Je m'éveille en sursaut, le cœur battant à tout rompre, comme s'il voulait sortir de ma poitrine. Mes mains se posent instinctivement sur mon torse, tentant de calmer ces battements effrénés en me concentrant sur ma respiration. J'inspire profondément, puis j'expire lentement, cherchant à ramener un semblant de calme. Après quelques exercices, je parviens à apaiser ma tempête intérieure, mais l'épuisement persiste, comme une ombre qui refuse de me quitter, et ce, malgré les heures de sommeil.

Je n'avais pas prévu de me rendre à une séance aujourd'hui, mais il faut croire que j'en ai besoin. Par chance, j'ai réussi à obtenir un rendez-vous de dernière minute. Sylvie, elle, assure au ranch : massages, clientèle et tous les imprévus potentiels. De toute manière, il était déjà prévu que je sois absent une grande partie de la journée : des dépliants à distribuer, des commerces à visiter, des journaux à rencontrer pour faire connaître mes services. Avec l'été et l'afflux de touristes à nos portes, c'est l'occasion ou jamais d'attirer un peu plus de monde dans ce coin de paradis.

Dans la salle d'attente de madame Elder, je me prépare un expresso et m'installe sur le canapé, espérant que la petite dose de caféine m'aidera à rester éveillé. Le parfum fort du café m'envahit, un peu de chaleur pour combattre la fatigue.

— Bonjour, monsieur Miller ! Comment allez-vous depuis notre dernière séance ?

— Merci de me prendre à la dernière minute. Honnêtement, je me sens épuisé, vraiment.

Elle consulte son carnet de notes, son regard professionnel glissant sur les mots inscrits.

— Ma copine Geneviève m'a quitté l'autre jour, elle ne me trouvait pas assez investi dans la relation, et je ne l'ai pas retenue.

— Voulez-vous en parler, ou préférez-vous reprendre là où nous en étions ?

— Est-ce normal de me sentir aussi épuisé après vos séances ?

Madame Elder hoche la tête avec douceur, sans répondre tout de suite. Je sens mon corps tendu, chaque muscle chargé d'une fatigue sourde, comme si je portais un poids invisible. Mon souffle est encore irrégulier, mon cœur bat fort sous ma peau. C'est comme si la séance précédente avait réveillé quelque chose de profond, d'enfoui, que j'avais tenté d'oublier.

Les images se bousculent dans ma tête, un mélange confus de colère, de tristesse et de regrets. Je voudrais pouvoir faire taire ce tumulte, mais il persiste, lancinant, comme un écho douloureux que je ne maîtrise pas.

Peut-être que c'est ça, guérir : accepter de traverser la tempête, même si l'on en sort à bout de souffle.

— Certaines personnes se sentent fatiguées après une séance d'hypnose ou ont des difficultés à dormir. Cela ne dure généralement qu'un jour. Chacun réagit différemment. Si cela persiste, nous essaierons une approche différente.

Je me laisse aller, prêt à replonger dans mon subconscient. Je ferme les yeux, me concentrant sur sa voix douce qui m'invite à me détendre.

— Imaginez une étendue d'eau devant vous. Si vous vous avancez doucement, que se passe-t-il ?

— Je retiens ma respiration. Mon environnement devient flou, embrouillé. La pression de l'eau m'envahit. J'ai peur. Je ne veux pas me noyer. Je… ne veux pas mourir.

Sa voix se fait apaisante, réconfortante.

— Très bien. Prenez une grande inspiration.

Je prends une bouffée d'air et, petit à petit, je sens mon cœur se calmer. Je respire… je respire… Je ne me noie pas. C'est comme si l'eau s'éloignait, m'offrant une paix nouvelle.

Je continue de chasser la peur. Mon corps se détend. Une sensation de calme profond m'envahit, une gratitude inexplicable, comme si tout se mettait en place, comme un puzzle retrouvé.

Puis, soudainement, une voix feutrée et féminine me tire de mon hypnose.

— Comment vous sentez-vous ?

— C'était étrange. Un peu comme un rêve. Entre chaque inspiration et expiration, il y avait une sorte d'apaisement, un calme indescriptible. Et puis, j'ai entendu une voix. Elle m'a réveillé de la séance, et je ne voulais pas que ça se termine.

Elle prend un moment pour réfléchir avant de répondre.

— Ce travail prend du temps. Vous devez sortir du choc post-traumatique de cette noyade émotionnelle. Votre cerveau a vécu un court-circuit. Il décompose, analyse, renie et oublie parfois des souvenirs. Vous avez déjà fait un grand pas en avant, et cela vous apporte une paix intérieure que vous n'aviez peut-être pas perçue jusque-là.

— Je comprends. Dans mon travail, j'essaie moi aussi d'apporter un peu de paix aux autres, un peu de sérénité.

— Peut-être tentez-vous de combler pour les autres ce qui manque en vous. Ce sera tout pour aujourd'hui, monsieur Miller.

Je lui remets un dépliant en la remerciant. La conversation laisse en moi une sensation de calme, mais aussi une forme de nostalgie.

Ma distribution de dépliants en allant à la rencontre des gens dans les commerces s'est bien déroulée. J'ai souri, j'ai parlé, j'ai expliqué. On m'a écouté. On m'a même encouragé. De l'extérieur, tout semblait simple, presque normal. Et pourtant…

***

J'aime ma vie. La tranquillité du ranch, le travail avec les chevaux, l'odeur du foin, les balades à travers les champs. Je suis bien, ici. Pourtant, je ressens toujours ce manque, cette distance entre le monde et moi, comme un gouffre invisible que je n'arrive pas à franchir. Un désir de partager cette paix, mais un blocage que je n'arrive pas à surmonter. Une partie de moi reste enfermée, malgré tout ce que j'ai autour.

Ce soir, je veux croire que ce sera différent. Je me couche tôt, éteins la lumière, et ferme les yeux en espérant que le calme retrouvé aujourd'hui m'accompagnera jusqu'au matin. Que mon corps fatigué profitera enfin d'un sommeil profond, paisible, comme un petit bébé. Peut-être que, cette fois, la tempête intérieure se dissipera. Je veux bien y croire.

CHAPITRE 8

Solène

Après avoir franchi la porte de la salle de bain, je fais couler l'eau dans la baignoire. Devant le miroir, je regarde mon reflet et attache mes cheveux avec un élastique. Puis, je me dévêts en laissant mes vêtements tomber au sol. J'entre dans l'eau presque brûlante, et un soupir m'échappe lorsque la chaleur mord ma peau. C'est censé être un moment de détente, une parenthèse après une longue journée. Pourtant, je ne suis pas vraiment moi seule dans ce bain.

Une image s'impose, douce, mais étrangère.

Ce n'est pas mon souvenir, c'est celui de Vincent.

Quarante ans, les cheveux déjà entièrement gris. Le soleil sur le pont d'un voilier blanc, le mât usé par le sel et les voyages. Le vent qu'il aimait sentir glisser sur son visage. Son rire quand il lançait la balle à son vieux labrador, compagnon fidèle de toutes ses traversées. Une vie simple, lumineuse, qui n'a jamais été la mienne, mais qui s'infiltre en moi comme si je l'avais vécue.

Ces fragments reviennent chaque fois que je baisse la garde : des souvenirs qui ne m'appartiennent pas, laissés par les âmes dont j'ai porté les mots. Et, dans l'eau brûlante, ils me tiennent compagnie plus que je ne veux l'admettre.

Après ce moment de relaxation, j'enfile mon pyjama, dépose un plat de lasagne du traiteur au four et m'installe sur le canapé pour visionner une série. Je jouis de cette plénitude quand je suis brusquement interrompue. Les poils de ma nuque se dressent et une odeur florale accompagne l'air qui se rafraîchit soudainement. Quelqu'un m'observe. J'examine autour de moi et sursaute.

— C'est toi ?

Je croyais qu'il avait traversé de l'autre côté. Il pose son regard sur moi, le visage marqué par une expression de surprise.

— Comment suis-je arrivé ici ?

— De quoi te souviens-tu ?

Il réfléchit un instant.

— Je discutais avec toi sur un banc, et maintenant, je suis ici.

— Je vois. On en est au même point. On ne sait pas plus qui tu es.

Je me lève du canapé et me dirige vers la cuisine pour me verser une coupe de vin blanc. Je crois que découvrir qui il est sera une tâche ardue.

— C'est chez toi ? demande-t-il.

— Oui. La première fois que je suis entrée dans cette maison, j'ai su que ça allait devenir la mienne. Je m'y suis sentie chez moi, avec cette lumière qui ensoleille l'étage. J'ai osé dire oui et faire confiance à la vie. Et toi, tu te souviens de ta demeure ?

— Non, mais je suis certain que c'est un endroit où je me sens bien aussi. Sinon, pourquoi j'y habiterais ?

— Tu as sans doute raison. Et toi, que penses-tu faire comme travail ?

— Bonne question. Et toi ?

— J'écris des nécrologies en lisant les âmes et je fais quelques rédactions à la pige pour une revue bien-être du même éditeur. J'adore mon travail, je réalise mon rêve d'écrire. Même s'il y a parfois des surprises, et que ça m'oblige à sortir de ma zone de confort, je le fais avec mon cœur et du mieux que je peux.

— C'est bien. J'espère que je fais un métier qui me passionne aussi.

— Tu as une femme ? Un mari ? Des enfants ?

— J'ignore ça aussi, mais je ne crois pas que j'aie de mari, car je te trouve très jolie.

Je souris et rougis timidement.

— Alors, tu as peut-être une femme. C'est un début.

— Et toi, un copain, un mari, une copine ?

Je me lance dans un monologue.

— Ce n'est pas de moi qu'on parle, mais pour information, je n'ai pas de mari. Mes relations sont compliquées à cause de mon travail. On me voit comme un spécimen. J'ai des aventures, mais rien de sérieux. Pour l'instant, ça me convient.

Le minuteur du four sonne. Je me précipite dans la cuisine, sors le plat de lasagne du four et le dépose sur le comptoir.

— Ça a l'air bon et chaud.

Je me sers une part, souffle avant de prendre une bouchée. Je grimace de douleur et recrache.

— Bordel, c'est chaud !

L'esprit se moque.

— Tu peux bien rire, Ami.

Je ricane avec lui. Je le surnomme ainsi, c'est plus facile pour discuter que de l'appeler « il ».

Sur la pointe des pieds, en prenant un verre dans l'armoire, j'en accroche un qui tombe et éclate en mille morceaux sur le sol.

— Fais attention en marchant ! dis-je spontanément.

Je relève les yeux, Ami se cache le visage pour ne pas éclater de rire. Voyons ! Il ne peut pas se couper, c'est un fantôme.

— Merde, que je suis maladroite !

Un petit sourire se dessine sur ses lèvres.

— Ce n'est qu'un verre, et la maladresse a un certain charme !

Je souris timidement, essayant de dissimuler ma gêne tout en ramassant les éclats.

— Écoute, Solène, j'ai quelque chose à te dire, mais j'hésite.

Mais qu'est-ce qu'Ami pourrait bien me dire de si difficile et délicat ? Je m'attends à tout, restant sur mes gardes.

— Je t'écoute, Ami ?

— Je…

— Je ?

— Je ne sais pas si j'aime la lasagne ! déclare-t-il d'un air sérieux avant de pouffer de rire.

Je pose mes mains sur mes joues, l'air d'avoir eu une grande révélation.

— Ah oui !

Je rigole.

— Décris-moi le goût, Solène. Peut-être que ça va m'aider.

Je prends une bouchée en savourant.

— Je dirais que c'est un plat réconfortant et gourmand. Un plat de pâtes riche et crémeux, garni couche par couche de viande, d'épices, de fromage délicat, de la douceur acidulée de la tomate, le tout recouvert de fromage gratiné au four qui s'étire sous la dent.

— Hum, ça a l'air délicieux. Non, je ne me rappelle vraiment pas si c'est un plat que j'aime.

— Tout le monde aime la lasagne ! Je connais peu de gens qui n'aiment pas ça.

Je pose la main sur ma bouche pour cacher ma fatigue.

— Je suis désolé, tu es fatiguée. Je ne sens pas la fatigue et j'ignore comment partir. Tu peux aller dormir, je vais sans doute partir à un moment ou à un autre.

Dans le ciel, une lune timide apparaît, accompagnée d'un ciel étoilé. Je me glisse sous les couvertures, et nous discutons jusqu'à ce que mes paupières se ferment.

* * *

Le lendemain matin, une curiosité tenace me pousse à agir. Tandis que le café refroidit sur la table, je me plonge dans une quête numérique, bien décidée à en savoir plus sur cette âme. Malgré des heures interminables passées à fureter sur le web, je ne trouve rien.

J'ai fouillé les profils sur les réseaux sociaux, les actes de décès, les photos et même divers articles. Rien, nada. J'ai même tenté, pendant sa dernière visite, de lui montrer une série d'images de toutes sortes pour qu'un souvenir remonte en lui. Le néant. Un mystère.

Le soir venu, alors que la lumière décline et que le silence s'installe dans la maison, il réapparaît. Flottant nonchalamment dans mon salon, comme un colocataire transparent. Je sursaute en le voyant surgir dans un coin de la pièce. Mon cœur rate un battement, puis un sourire naît malgré moi.

— J'aimerais comprendre pourquoi j'ai la mémoire aussi vide. Tout ce que je sais, c'est que je ne sais rien.

— Ami, je ne sais pas pourquoi tu es bloqué. Tu es une âme errante.

Il lève les yeux au ciel.

— J'aimerais savoir ce qui se passe après. Si je suis mort, pourquoi suis-je ici ?

— La plupart du temps, lorsqu'un humain meurt, son âme erre quelques jours auprès de sa famille, puis elle part. L'amour des vivants est important.

— Quel moyen avons-nous de savoir comment je suis mort ? insiste-t-il.

— Malheureusement, je n'ai pas de renseignements. Pas de cause de décès, ni de lieu, ni même de nom. Parfois, on peut obtenir des informations de la famille, du partenaire, d'un collègue de travail. J'ai fouillé et je n'ai rien trouvé.

— C'est dommage, dit-il pensivement. Je ne sais pas quelle était ma vie, et je ne sais rien de ma mort non plus. Quand je ne suis pas avec toi, j'ignore où je suis. Est-ce que je vais dans une salle d'attente d'âmes errantes ? Je dors ? Est-ce que ça dort un esprit ?

— J'ignore si ça dort. Il y a peut-être des actions inachevées que tu dois finir, ou peut-être que tu dois faire le deuil ?

— Le deuil ? Ce ne sont pas ceux qui sont en vie qui le vivent ?

— J'ai lu que chaque humain qui meurt doit d'abord accepter sa mort. Il y a plusieurs étapes. D'abord, sous le choc, l'âme est sidérée. Ensuite, l'âme refuse d'être morte, c'est le déni. Puis viennent la colère et la tristesse, où l'âme prend conscience. Enfin, il y a l'acceptation, où l'âme est confrontée à sa propre réalité et se rencontre elle-même.

— J'ai du mal à suivre. Est-ce que je suis condamné à être un fantôme longtemps ?

Je reste silencieuse un instant, observant son regard perdu, comme suspendu entre deux mondes.

— Peut-être, dis-je doucement, mais parfois, c'est dans ce limbe que l'on trouve la clé pour avancer.

Il hoche lentement la tête, une lueur d'espoir vacillant au fond de ses yeux.

La nuit s'étire autour de nous, et c'est à ce moment précis que je réalise que cette quête ne fait que commencer.

CHAPITRE 9

Solène

Si seulement les choses pouvaient être simples. Je suis là, piégée dans un tourbillon de pensées, obsédée malgré moi par l'idée de chercher quelque chose, de trouver. Mais trouver quoi, exactement ? Je m'imagine mille scénarios, des rêves et des cauchemars se mélangent dans ma tête. C'est la première fois qu'une chose pareille m'arrive. Une confusion douce-amère, une quête étrange de sens, de réponses.

La tête sur mon oreiller, mes pensées vagabondent dans un espace entre le sommeil et l'éveil. Mes paupières se lèvent lentement, et mon regard erre sur le plafond, où les ombres dansent au rythme de la lumière tamisée de la rue.

— Coucou, murmure Ami, avec sa voix douce, mais claire comme une caresse.

Mon réveil affiche 1 heure. Il est là, quelque part, dans cette pièce, mais il ne me touche pas. Il m'observe, silencieux, comme une présence familière, et pourtant étrangère. Un frisson me parcourt, une vague d'émotions contradictoires.

— Allô, chuchoté-je, encore un peu perdue dans l'obscurité. Je n'arrive pas à dormir. Puisque tu es là, ça te dirait une petite balade ?

Un silence suspendu avant sa réponse, comme un souffle. Puis, simplement :

— Pourquoi pas ?

Je me lève, me glisse dans un jean confortable et enfile mes chaussures. La lune, pleine et imposante, baigne la ville dans une lumière presque irréelle. Sa clarté ondule sur les pavés, se faufile entre les immeubles, éclaire les rues désertes. C'est peut-être ça, la raison de mon insomnie. La lune semble avoir un pouvoir étrange sur moi, une force presque tangible, qui fait naître des pensées imprévisibles, un murmure qui traverse les veines. Il paraît que la lune agit sur les liquides, et tout en nous devient plus fluide, plus perméable. La vulnérabilité nous transforme, sans le vouloir.

Dehors, l'air est doux, presque moelleux. Nous marchons lentement, comme des ombres déambulant entre les rues et les arbres centenaires, leurs branches s'enchevêtrant au-dessus de nous. Les vitrines des magasins passent sous nos yeux, des boutiques à la mode, luxueuses, qui semblent aussi inaccessibles que des rêves lointains. De petites terrasses, désertes à cette heure, nous frôlent. Chaque coin de rue pourrait être un déclic, une révélation pour Ami.

— Ferme les yeux et dis-moi ce que tu ressens, ce que tu entends, me demande-t-il, sa voix émane de l'ombre à mes côtés, douce et distante.

Je ferme les yeux, la brise de la nuit effleurant ma peau. L'air est saturé de parfums, de la terre humide, des fleurs qui ont été caressées par la nuit. L'herbe frémissante semble vibrer sous mes pieds. C'est comme si la nature elle-même s'éveillait, qu'elle respirait avec moi, en moi, comme si je n'étais plus qu'un fragment de ce monde vivant. Mon pouls se calme, lentement, au rythme de la brise qui s'élève et s'effondre.

Il y a un instant suspendu, où je sens qu'Ami capte chaque vibration, chaque frémissement. Sa présence invisible effleure mon âme, sans mot, mais avec une compréhension muette. J'ouvre les yeux.

— C'est étrange, j'ai l'impression que la nuit m'accueille, qu'elle me prend dans ses bras pour me rappeler que je fais partie d'elle. Ce que j'entends, Ami, ce ne sont pas des sons, c'est la vie qui parle tout bas. C'est le monde qui me traverse, une onde douce, presque infinie. Voilà comment je me sens.

Nous poursuivons notre chemin, nous enfonçant dans une ruelle pavée, étroite, où les reflets obscurs d'une vieille église s'étendent, comme une grande silhouette silencieuse. Les pierres usées murmurent des histoires que je ne connais pas encore. Les ombres allongées semblent s'animer sous la lueur diffuse de la lune. Je cligne des yeux pour m'adapter à la pénombre, à cette étrangeté du moment. Là, au bout du chemin, Ami se tient face à une grande porte, une porte dont je devine à peine la silhouette dans l'obscurité. Elle semble nous appeler, comme un passage vers un autre monde.

— Quelque chose te revient, Ami ? lui demandé-je, une pointe d'inquiétude dans la voix.

Il hausse les épaules, perdu dans l'immensité de ce qu'il ignore.

— Non. J'aurais voulu.

Il soupire, et il y a dans ce souffle toute la douleur de son errance.

— Je me demande ce qui est pire dans cette phase d'errance : que mon esprit vagabonde sans fin ou ne pas savoir si je vais flotter pour l'éternité, sans aucun souvenir de ce que j'étais avant.

Mes yeux se ferment un instant. Un frisson, froid et lourd, s'étend dans ma poitrine. Ses mots flottent dans l'air comme des échos, un vide que je n'arrive pas à combler. Il est pris dans un entre-deux, dans un tourbillon silencieux où l'identité se dissout et où l'âme cherche une ancre.

Je n'ose pas répondre tout de suite. Je suis plongée dans ses mots, dans cette réalité qu'il essaie de saisir. Je sens ma gorge se serrer. Puis, un silence lourd, chargé de tout ce non-dit, de toute cette recherche de sens. Je lève la main et essuie discrètement une larme qui roule sur ma joue. Il ne voit pas mon geste, il est trop loin de notre plan physique. Trop loin de moi. Son corps a quitté l'univers tangible, et maintenant, il navigue entre deux mondes, sans point d'ancrage, voguant à la dérive.

* * *

Au début, il n'y avait rien d'extraordinaire. Seulement des nuits qui s'étiraient, des conversations qui débordaient l'heure, des silences confortables où personne ne ressentait le besoin de fuir. Nous parlions pour comprendre, pour assembler les fragments de ce qu'il était, de ce qu'il avait peut-être été. Et sans m'en rendre compte, je cessais peu à peu de chercher des réponses pour attendre simplement ces moments-là. Le rire est venu en premier. Franc, incontrôlable. Celui qui vous surprend au milieu d'une phrase et vous laisse le visage endolori, le souffle court. Puis l'attente. Le jour, je me surprenais à penser à lui, à rejouer ses mots, ses expressions, la façon dont il inclinait légèrement la tête avant de répondre, comme s'il prenait mes pensées au sérieux. Son regard s'est imposé lentement. Pas de manière brutale ni envahissante. Il plongeait dans le mien sans détour, sans défense, avec une présence calme et troublante à la fois. Quand ses yeux s'illuminaient, quelque chose en moi se dépliait. Une chaleur douce, familière.

Comme un endroit que je reconnaissais sans savoir pourquoi. Plus je m'y perdais, plus une certitude étrange s'installait : je n'avais pas l'impression de le découvrir, mais de le retrouver. Comme si son âme portait une mémoire que la mienne savait déjà lire. Peut-être une illusion. Peut-être une trace d'une autre vie. Mais ce sentiment était là, tenace, impossible à ignorer. Nous nous découvrions dans l'invisible. Dans ce qu'il ne savait pas encore de lui-même. Et pourtant, il y avait cette part de lui qui me touchait profondément, sans explication logique. Une proximité immédiate, presque déroutante. Le temps semblait compressé, inutile. On se connaissait depuis peu, mais je n'avais jamais ressenti une telle intimité. Je pouvais parler sans me protéger. Me livrer sans calcul. Être écoutée, réellement. Et chaque nuit, sans déclaration, quelque chose glissait doucement en moi. Un attachement silencieux. Une évidence qui prenait racine. Je ne savais pas encore que c'était de l'amour.

Je savais seulement que, sans m'en rendre compte, je m'y abandonnais.

CHAPITRE 10

Solène

J'ouvre les yeux en sursaut, le cœur encore englué dans un rêve que je n'arrive pas à retenir. La chambre est silencieuse, trop silencieuse. J'étire la main vers la table de nuit, et le cadran rouge du réveil me mord la rétine.

5 h 55.

Je reste immobile. Un frisson me traverse, léger, mais net, comme si quelqu'un venait de souffler sur ma nuque.

— Encore, murmuré-je.

Ce n'est pas la première fois que cette heure me trouve. Trois chiffres alignés, obstinément. Une sensation me serre la poitrine, pas douloureuse ; plutôt une sorte de reconnaissance. Comme si quelque chose à l'extérieur ou à l'intérieur tentait de me rejoindre.

Je souffle longuement, les doigts pressés contre mes lèvres. Une étrange paix flotte dans l'air. Un calme qui ne m'appartient pas tout à fait.

Je m'assois au bord du lit. Mes pieds touchent le plancher froid, mais ce froid n'efface pas l'impression persistante que je suis exactement où je dois être, même si je ne comprends pas pourquoi.

Je ferme les yeux un instant. Je laisse venir cette sensation de… justesse. D'alignement. Un murmure silencieux, presque familier.

Quand je les rouvre, 5 h 55 clignote sans que je sache pourquoi.

Je regarde autour de moi dans la chambre, et l'esprit n'y est plus. Je prends mon téléphone et remarque un message de mon patron. Je bondis du lit et me dirige vers la salle de bain. Après la douche, le miroir me renvoie l'image de mon regard pétillant.

Une tasse de café fumante à la main, je m'appuie contre la fenêtre pour observer la température. Le chant des oiseaux résonne comme une symphonie. Le lever du soleil éveille les êtres, inondant la ville de ses rayons.

Je porte la tasse à mes lèvres et grimace en sentant mon café froid glisser dans ma gorge. Je le crache aussitôt dans l'évier. Qu'est-ce qui vient de se produire ?

— Hé ! ho ! Es-tu là ?

Aucune réponse.

Il faut que je découvre qui est vraiment Ami, pour l'aider à trouver la paix et à rejoindre l'autre monde, et ce, même si l'idée de le laisser partir me déchire.

Je finis de me préparer, attrape mon sac et me mets en route pour le travail. Aujourd'hui, mon patron m'a expressément demandé de passer le voir dans son bureau.

Une fois arrivée à destination, je frappe doucement, puis pousse la porte en l'ouvrant d'un geste calme. Ed est là, m'attendant patiemment.

— Bonjour Ed. Vous vouliez me voir ? dis-je en entrant.

Il ne répond pas tout de suite. En silence, il tend vers moi un dépliant coloré que je saisis, intriguée.

— Qu'est-ce que c'est ? demandé-je en fronçant légèrement les sourcils.

— Tu vas me rédiger une chronique santé et bien-être à partir de ce sujet, déclare-t-il d'un ton ferme, sans laisser place à la discussion.

Je déplie la page et lis attentivement :

Expérience unique. Le contact avec la nature apporte un sentiment de plénitude. Prenez le temps de vous remplir de la beauté de la nature et laissez vos pensées vagabonder. Un séjour au grand air enchante et ravive les sens, les nourrit de parfums, de paysages et de sons naturels. Combinez avec les bienfaits :

• *Massage en plein air (dos, visage, pieds, mains)*

• *Cours équestre — Débutant — Intermédiaire*

• *Randonnée — Demi-journée — Journée entière avec coucher du soleil*

• *Exercice de relaxation, respiration*

Propriétaire : Liam Miller

Je relève les yeux vers Ed.

— C'est intéressant.

— C'est une belle occasion. Tu essaies tout, et tu m'écris un papier senti, personnel. Tu as une réservation pour une semaine. Une femme du nom de Sylvie va t'accueillir. Tu pars après-demain. Tu peux combiner ça avec la nécro ?

— Oui, Ed. Aucun souci. Merci.

Je sors du bureau avec le dépliant serré entre mes doigts. Dans le couloir, la lumière du matin passe à travers les stores et dessine des lignes pâles sur le sol. Je m'arrête près de la machine à café, les pensées en désordre.

Plusieurs âmes cette semaine. Des âmes que j'ai tenues par la main, littéralement, pour un dernier souvenir. Je les ressens encore en moi, comme des échos persistants. Leur amour, leur douleur, leurs adieux.

C'est étrange, ce paradoxe : je suis en contact constant avec la mort, et pourtant, je ne suis pas sûre de savoir ce que signifie vivre pleinement.

Mon don est un pont, oui. Mais je commence à me demander si je ne m'y suis pas installée comme sur une rive sécurisante, à distance des vivants. À force d'écrire des fins, est-ce que j'ai oublié de chercher les débuts ?

J'ai toujours cru que c'était suffisant : aider les âmes à franchir le seuil, leur donner une voix, les accompagner. C'est noble, c'est juste, mais c'est aussi épuisant. Et parfois, je sens ce vide. Un creux silencieux. Comme si je donnais trop sans jamais recevoir. Comme si je ne savais plus vraiment qui je suis, en dehors de celle qui écoute les morts.

Alors ce séjour, ce n'est peut-être pas seulement une chronique. Peut-être que c'est une échappée. Une respiration. C'est peut-être une invitation à revenir à moi.

* * *

En fin de journée, sur le chemin du retour, une boule se forme dans le creux de mon ventre. La peur sans doute de le perdre. Elle grossit, se tord, s'agrippe à mes entrailles. Une boule d'émotions que je ne veux ni nommer ni affronter. Mais elle force de plus en plus souvent son passage dans mon esprit. Je la laisse sortir. Mes yeux s'embrument, puis les larmes roulent. Ce ne sont pas de simples pleurs : ce sont des larmes viscérales, celles qui percent le silence intérieur, celles qui viennent du cœur. Je me rappelle que pleurer ainsi, c'est s'abandonner. Le corps libère alors l'endorphine et l'ocytocine, comme pour nous remercier d'avoir accepté la douleur. Et c'est vrai. Après la tempête, quelque chose s'apaise en moi. Comme si cette boule avait fondu, libérant un calme fragile.

La maison est plongée dans la pénombre. J'éteins les lumières, le cœur encore chaviré, et me dirige vers ma chambre. Le lit paraît immense, glacé, démesurément vide. Sans lui, chaque recoin me rappelle ce manque. J'espère le revoir. Il me manque. Désespérément. J'ai envie de glisser mes doigts dans ses cheveux, mais quand je tends la main, elle ne rencontre que l'air. Elle le traverse, comme un mirage, une illusion insaisissable.

Il m'a confié qu'il espérait retrouver les souvenirs de sa vie humaine. Je comprends ce désir viscéral. À sa place, moi aussi je voudrais me rappeler un ciel moucheté de nuages, l'odeur du printemps naissant, le crépitement du café du matin, l'arôme chaud d'un croissant, le parfum de l'herbe fraîchement coupée, les éclats de rire partagés, la sensation d'une peau contre la mienne, d'un baiser, de l'étourdissement vertigineux d'un sommet…

— Solène.

Sa voix fend le silence. Mon cœur bondit. Un sourire s'accroche à mes lèvres. Il est là.

Je ne sais pas quand il disparaîtra. Peut-être demain. Peut-être maintenant. Et pourtant, malgré l'absurdité de la situation, je ressens quelque chose pour lui. Quelque chose de puissant, d'incontrôlable. Je suis amoureuse d'un esprit. J'en ai conscience, et ça me fait peur. J'ai l'impression d'être suspendue au bord d'un précipice.

Je joue nerveusement avec mes mains. Je tente de me contenir. Mais sa simple présence me bouleverse. Une odeur discrète l'annonce toujours, un parfum de fleurs sans nom, doux, enveloppant. Comme une caresse invisible.

Je me retourne. Il est là, tout près. Nos regards se croisent. Un frisson me traverse, un étrange mélange de chaleur et de froid. Comme si mon corps réagissait à quelque chose d'impossible.

Dehors, la pluie commence à tomber, fine et régulière. Puis elle s'intensifie, elle devient averse. Ami lève les yeux vers le plafond, attentif au son des gouttes qui tambourinent.

— Ce que je donnerais pour sentir l'eau sur ma peau…

— Suis-moi.

Je ne réfléchis pas. Je sors. Mes pieds nus touchent le sol humide. La pluie me trempe instantanément. Je tends les bras, m'abandonne à cette sensation que lui ne peut plus connaître. Ami me regarde. Je vois dans ses yeux la nostalgie d'un monde qu'il ne touche plus. Une mélancolie déchirante.

Des passants courent pour s'abriter. Nous, on rit.

— À quoi je ressemble maintenant ? dis-je en regardant mon reflet dans la vitre.

— Tu es magnifique, Solène. Vraiment extraordinaire.

Je baisse les yeux, gênée, les joues rouges.

— Ferme les yeux, me souffle-t-il.

Je m'exécute. Et dans cette obscurité volontaire, je le ressens. J'ai l'impression qu'il me touche, que ses mains glissent sur ma peau. Mon cœur s'emballe. J'ouvre les yeux. Il est là. Tout près. J'ai envie de l'embrasser, de m'abandonner dans cet amour impossible.

— J'aurais tellement aimé te rencontrer avant… Avant que je sois mort.

Mes larmes se mêlent à la pluie. Mes yeux, noyés d'émotion, cherchent les siens.

— Je n'ai jamais ressenti ça avec personne.

— Referme les yeux, Solène.

Je ferme les paupières, une nouvelle fois. Et là, dans cet espace hors du temps, nos âmes s'embrassent. Un passant n'aurait vu qu'une femme seule, debout sous la pluie. Mais pour moi, c'était réel. Un baiser d'éternité.

Je rouvre les yeux. Une lumière douce émane de lui.

— Tu irradies, Ami.

— Je ne sais pas pourquoi. Mais j'aimerais rester. Être près de toi.

— Moi aussi, mais tu ne peux pas. Si je pouvais changer ça, je le ferais. Mais tu dois continuer ta route.

Je sens mon cœur se déchirer. L'amour que je ressens est si fort, si vaste, qu'il m'engloutit. Plus rien n'existe, sauf lui. Je voudrais sentir ses mains sur moi, qu'il m'effleure, qu'il m'enlace. Ce n'est pas seulement du désir physique. C'est plus profond. Une fusion d'âmes.

Mais il n'est plus de ce monde.

C'est cela, le plus cruel.

La vie est faite de miracles minuscules : un oiseau sur une branche, le vent dans les cheveux, le soleil sur la peau, le murmure des vagues, le craquement de la glace, une caresse, un goût, un souffle, une odeur. Si je devais renoncer à tout cela pour être avec lui, est-ce que je le ferais ?

La nuit fut courte. Je suis restée éveillée, le regard perdu dans le sien. Il est resté près de moi, silencieux. Puis il m'a bordée, comme un dernier geste d'amour, une caresse suspendue entre deux mondes.

Le jour s'est levé trop vite. Ce soir est ma dernière nuit avant le départ pour le ranch. Je suis assise sur le canapé. J'attends. Mon cœur guette le moindre signe. Et s'il ne venait pas ? Et si c'était fini ?

Je fais les cent pas. L'horloge me torture. Chaque heure passée sans lui est un supplice. Un bruit. Mon cœur s'emballe.

— Ami ? Tu es là ?

Rien. Le silence me répond. Une larme, puis une autre. Il est peut-être parti pour de bon. Peut-être qu'il ne reviendra jamais. Ma fatigue devient délire. Je crois le voir apparaître. Mon esprit le crée pour ne pas sombrer.

— Tu es là ? Dis-moi que tu es là…

Mais il n'y a que le vide.

Le néant. Suspendu. Puis il disparaît.

Je tends la main dans le néant. Si nous étions dans un conte, j'aurais traversé mille mondes pour le retrouver. Mais ici, dans cette réalité crue, je suis impuissante.

Cette fois, je pleure. Pas de tristesse. D'impuissance.

Mes paupières s'alourdissent. Ma vision se trouble. Je m'allonge. Une vivante, amoureuse d'un mort.

À quoi ai-je pensé ?

Je ferme les yeux, et me laisse emporter. Demain m'attend.

CHAPITRE 11

Liam

8 h 30

— J'ai un problème. Je dors beaucoup, mais je me réveille toujours plus épuisé qu'avant de fermer les yeux. C'est comme si, toute la nuit, je voyageais, sans jamais trouver de repos.

— C'est-à-dire, monsieur Miller ?

— Je ne sais pas comment l'expliquer. C'est comme si mon esprit était ailleurs, emporté dans un tourbillon de lieux et de temps que je ne contrôle pas. Je ressens une fatigue profonde, mais, paradoxalement, cette sensation de « voyage » nocturne semble me vider encore plus. Hier soir, j'ai résisté à l'endormissement, pourtant, ce matin, malgré la quasi-insomnie, je me sens bizarrement moins fatigué qu'après mes nuits normales.

— Notre but est de vous aider à trouver un sommeil réparateur. Si vous avez l'impression que ces séances vous désorientent ou vous épuisent, nous pourrons les interrompre. Aujourd'hui, nous pouvons tenter de refermer cet état de conscience particulier auquel vous êtes sensible, reprogrammer votre cerveau. Vous sentez-vous progresser avec ces séances ?

Je fais non de la tête. Honnêtement, je n'en sais rien. Quelque chose en moi résiste, dérive peut-être. Madame Elder me dévisage un instant, puis enchaîne, plus doucement :

— Si on changeait de sujet pour un instant ? Comment cela se passe par rapport à votre ancienne partenaire, qu'en pensez-vous ?

Je relève les yeux vers elle.

— Geneviève, oui.

— Que ressentez-vous à son sujet ?

Un souffle m'échappe, presque malgré moi.

— Elle est exceptionnelle. Brillante, sensible… unique. Notre séparation a été brutale, soudaine. Il m'arrive encore de repenser à elle, à ce qu'on aurait pu être. Peut-être que je devrais la recontacter.

— Cette décision vous appartient, répond madame Elder d'un ton calme. Ce qui importe, c'est ce que vous êtes prêt à affronter.

Elle marque une pause, puis poursuit avec douceur :

— Êtes-vous prêt pour cette séance, pour refermer cette conscience qui reste ouverte ?

Je hoche lentement la tête. Puis je m'allonge sur le divan, laissant mon corps s'abandonner au velours du tissu. Je ferme les yeux. La voix posée de madame Elder s'élève, douce et enveloppante. Peu à peu, elle me guide, me détache de ce monde tangible, m'entraîne vers un autre espace, un autre temps.

— Imaginez la glace sous vos pieds, solide, épaisse, immobile. Sentez le froid vif, pénétrant, mais apaisant. Vous glissez doucement, sans effort, votre corps léger et libre. Un rire éclate, sincère et pur dans le silence de la nuit. Ici, tout est sécurité et plaisir. Vous sentez la glace vibrer sous vos pas, et la paix s'installe doucement.

Je sens mon souffle ralentir, mon corps se détendre. Un sentiment de flottement, comme si je m'élevais, un frisson doux parcourant ma peau. Le froid ne mord pas, il caresse. J'imagine la porte de ma maison, la lumière chaleureuse filtrant à travers les fenêtres. Ma mère m'accueille avec un sourire tendre, un chocolat chaud entre les mains, et me demande si je me suis amusé.

Une image nouvelle s'imprime dans ma mémoire, claire, lumineuse, loin des cauchemars et des doutes qui m'habitent. Je ne suis jamais tombé, je n'ai vu aucune lumière inquiétante, je ne me suis jamais senti seul. L'ancien souvenir, confus et douloureux, s'efface peu à peu, remplacé par cette douce sérénité.

La porte de mon inconscient se referme doucement, et je rouvre les yeux, le cœur plus léger.

— Comment vous sentez-vous ?

Je laisse échapper un soupir, sentant enfin un poids se dissoudre dans ma poitrine.

— Je crois que je me sens… enfin en paix, un peu.

Et si je donnais une nouvelle chance à Geneviève ? Cette femme au cœur immense, belle à l'intérieur comme à l'extérieur, ses cheveux noirs encadrant son visage doux, ses yeux noisette pétillants de vie, ses lèvres pleines. Geneviève, qui aime la taverne où elle travaille et ses cours de danse, elle qui m'a toujours soutenu dans mes projets, même dans mes heures sombres.

En sortant du cabinet, je lui envoie un message, le cœur plus léger, avant d'aller m'installer dans un café près de là, puis de retourner au ranch.

« Geneviève, on se donne une autre chance ? Je suis désolé de ne pas t'avoir retenue. Je consulte, j'avance. »

Sa réponse tarde, puis enfin :

« Liam, je n'ai pas envie qu'on recommence comme avant. Je refuse que tu deviennes un fantôme à mes côtés. Je veux quelqu'un qui s'investit, qui s'ouvre, qui communique vraiment. J'ai des sentiments, mais je ne veux plus souffrir comme la dernière fois. »

« Je comprends. On peut se voir ? »

« Je t'écris plus tard. »

« Ça me va Merci. J'attends de tes nouvelles. xxx »

« xxx »

CHAPITRE 12

Solène

J'ai dormi d'un sommeil si léger que pas un seul craquement ni un vrombissement de voiture dans la rue ne m'a échappé. Je tendais toujours l'oreille, guettant la voix d'Ami. Je me suis réveillée avec l'impression de ne pas avoir fermé l'œil, les yeux bouffis de la veille. Il est 9 h 15. Le soleil perce les volets de la maison, et je sens la chaleur extérieure augmenter. Je tire la couverture pour la remonter sous mon menton et me frotte les yeux en bâillant. Je tourne la tête à la recherche instinctive d'Ami, mais il n'est pas là. Je fixe le plafond, étendue sur mon lit, ne voulant pas bouger. Peu à peu, je sens la détermination revenir, m'incitant à me lever et à m'habiller. Je termine ma valise ; j'aimerais partir en début d'après-midi.

À la cuisine, je me rends compte que je n'ai plus de café. Je pousse un soupir en me disant que, près de l'épicerie au coin de la rue, il y a un café où ils font les meilleurs. L'idée d'y arrêter me redonne le sourire.

* * *

Je m'assois dans un coin avec mon délicieux latté saupoudré de cacao. J'observe les clients installés aux tables. Les membres d'un couple regardent leurs téléphones respectifs ; une jeune femme aux cheveux blonds courts se penche vers le garçon près d'elle pour l'embrasser. Une femme avec un livre à la main, visiblement amatrice de polar, relève la tête, posant les yeux sur moi. Je lui souris. Un homme derrière la lectrice se lève et se dirige vers la sortie. Je l'observe, ahurie, en cherchant son regard. Je quitte mon siège, m'avançant lentement entre les tables, curieuse de savoir si c'est Ami. Est-ce vraiment lui, en chair et en os ? Je me dépêche pour le rattraper et, au même moment, un terrible fracas retentit derrière moi, et je suis projetée par terre. Je percute une table.

— Mon Dieu ! madame ! s'exclame le serveur en se précipitant vers moi.

Je baisse la tête et m'assure que je n'ai rien de cassé quand je prends conscience que les gens autour de moi — des clients et des employés — me fixent avec stupéfaction.

La honte. La catastrophe.

Mon cœur s'emballe. Je le cherche tout de même du regard, à travers la foule. Il a disparu ; sans doute a-t-il eu le temps de sortir du café avant mon accident.

— Vous allez bien ? me demande la dame au livre.

— Oui, merci.

— Faites attention au verre cassé, m'avertit un employé en m'aidant à me relever.

— Je suis désolée pour le dégât.

Ébranlée, je me relève avec l'aide de l'employé. Les jambes encore flageolantes, je regarde autour, cherchant encore le possible Ami.

— Vous êtes sûre que vous allez bien ? me demande cette fois le serveur.

— Je vais bien.

J'ignore combien de temps s'écoule avant que mon esprit se remette en place et que je sorte du café pour remonter dans ma voiture. J'enfouis mon visage dans mes mains. Par chance, le ridicule ne tue pas. À quoi ai-je pu penser, que cette âme serait dans ce café ?

Je passe la majeure partie de mon temps dans ma routine, et, cette fois, une chose irréelle m'a donné l'espoir que tout peut arriver à n'importe quel moment. Une histoire qui pourrait être tout droit sortie d'un conte de fées. Je me trouve ridicule d'avoir pensé, ne serait-ce qu'un instant, que cela pouvait être réel.

Un court laps de temps s'écoule, puis je démarre, empruntant la route vers le ranch.

Je contemple l'immensité du paysage, la route est calme. Dans le rétroviseur, je regarde les montagnes et la végétation. Je réalise que je ne suis jamais allée dans ce coin de la ville. À ce qu'on prétend, c'est un havre de paix. C'est près des grands centres tout en étant éloigné. C'est isolé. Il y a des cultivateurs, des ranchs équestres et des fermes bovines.

Cette petite escapade va me permettre de me détendre, de lâcher prise. Je veux profiter de chaque journée, me changer les idées et cesser de penser à Ami. J'ai l'impression de le voir partout. Au fond, je suppose que mon inconscient en fait sans doute une obsession. Un lien nous unit ; j'en suis persuadée. Quand il est près de moi, je ressens une forte attirance, impossible à ignorer. Comme un fil invisible qui nous relie. Pour le moment, nous ne savons pas qui il est ; cependant, je finirai bien par le découvrir, d'une façon ou d'une autre.

J'arrive à destination. Lorsque je sors du véhicule, un baume floral me chatouille le nez. À ma gauche et à ma droite se trouvent des enclos dans lesquels les chevaux circulent librement. Certains sont occupés et d'autres non. Mon regard est attiré par un magnifique cheval au pelage brun. Je retiens mon souffle lorsqu'il me fixe, comme s'il voulait me dire quelque chose.

— Il est beau, n'est-ce pas ?

Je me retourne, accueillie dans cet endroit enchanteur par une femme dans la cinquantaine, les cheveux poivre et sel. Elle est vêtue d'une chemise à carreaux noirs et blancs, d'un jean et d'une paire de bottes en caoutchouc. Elle dépose la fourche près d'une brouette et vient vers moi avec un sourire chaleureux.

— Oui, sublime.

— Bonjour ! Vous devez être madame Martin ? Je suis Sylvie.

— Oui, Solène. Enchantée, Sylvie. C'est vraiment paisible ici.

— Tout à fait. Ça fait trois ans que je travaille dans ce paradis et je n'ai pas l'impression que c'est du boulot.

— Je comprends très bien. C'est pareil pour moi au travail. On se tutoie ?

— D'accord. On t'a installée dans l'un des petits chalets. Il y en a deux. Ils sont tout équipés : cuisine complète, causeuse, chambre et salle de bain avec douche. Après ton installation, il y aura une petite visite des lieux, et je te remettrai le programme pour la semaine. Ne t'inquiète pas, ce n'est pas trop chargé. Il y a aussi des références pour du divertissement, comme des restos, des tavernes, des cours de danse en ligne, et il y a la foire ce week-end au centre-ville.

— Génial ! La danse m'intéresse.

— Parfait, je peux te réserver un cours ?

— Volontiers, merci.

Pour l'accueil et le service, ce n'est que du positif.

— Tu auras en premier un petit cours équestre avec Liam, le propriétaire.

— Je n'ai jamais monté à cheval.

— Pas de stress, Liam est le meilleur pour initier les débutants.

— Très bien. Merci beaucoup, Sylvie.

Nous longeons la clôture de bois qui borde le champ. Des fleurs parsèment le sol. J'emplis mes poumons d'air neuf. Cet endroit est inspirant. Tout ici invite à rêver. Des oiseaux pépient dans les arbres et une légère brise fait danser le feuillage vert tendre. J'observe aussi les chevaux qui trottent et mangent dans le champ. La maison principale est blanche ; une grande galerie devant accueille une balançoire pouvant recevoir deux ou trois personnes. Des volets bleus habillent les fenêtres. Une girouette en métal en forme de tête de cheval indique la direction du vent.

— Je vais te présenter le propriétaire, m'annonce Sylvie.

Il sort de l'écurie vêtu d'un jean usé et d'une chemise rouge bordeaux, qui tranche avec le ciel pâle. Mais ce n'est pas sa tenue qui me frappe : c'est son visage. Sous son chapeau de cowboy, ses yeux bruns captent les miens comme une main invisible qui viendrait m'agripper le cœur. Et cette barbe… Cette barbe que je reconnaîtrais entre mille.

Je m'étais préparée à beaucoup de choses en venant ici. À la solitude, à la poussière, aux souvenirs. Mais certainement pas à ça. Pas à cette sensation d'être projetée hors du temps, comme si mes entrailles se vidaient d'un coup.

Je le fixe, incapable de détourner les yeux. Mon souffle se brise, il devient irrégulier, à l'image de mes pensées, qui se heurtent entre elles dans ma tête. Il s'avance vers nous, serein, sans savoir qu'il vient de faire trembler tout ce que je croyais solide en moi.

Je sens mes jambes faiblir. Mon cœur bat à tout rompre, comme s'il voulait me prévenir d'un danger — ou d'un miracle. Il enlève son chapeau avec une lenteur presque solennelle, en jouant avec les rebords entre ses doigts. Et c'est là que tout lâche.

Une chaleur soudaine me monte au front ; mes tempes résonnent ; mes yeux s'embrouillent. La lumière se trouble, et mon corps ne répond plus. Mes paupières se ferment, puis je m'écroule.

— Madame Martin ! Madame Martin !

Des voix, lointaines, déchirent le brouillard dans lequel je flotte. J'ouvre les yeux, désorientée. Tout est flou. Mon corps est engourdi, mon esprit suspendu quelque part entre deux mondes.

— Rien de cassé ? me demande l'homme, inquiet.

Cette voix. Ce timbre. Ce regard. Je reprends doucement contact avec la réalité, mais mon cœur, lui, ne revient pas.

— C'est toi, Ami ? dis-je dans un souffle, persuadée de le reconnaître.

Il fronce les sourcils, surpris.

— Ami ? Je suis Liam.

Allongée au sol, entourée de Sylvie et de cet homme, qui dit s'appeler Liam, je n'arrive pas à y croire. Mon esprit vacille. Si ce n'est pas lui, alors pourquoi ai-je l'impression que c'est tout mon monde qui vient de se fissurer ?

CHAPITRE 13

Solène

Je n'arrive pas à le chasser de mes pensées ni de ce coin de mon cœur où il s'est installé sans prévenir. Il me rend à la fois heureuse et mélancolique. Penser à lui me fait sourire, le croiser me serre la poitrine. Il est si proche, et pourtant, c'est comme si un monde entier nous séparait. Il ne semble pas se souvenir de moi, et ce silence entre nous est plus lourd que l'oubli.

Entre deux lignes sur le ranch, je me penche aussi sur la rubrique nécrologique. Il y a, par contre, cette question qui me taraude l'esprit : pourquoi Ami est-il venu sans que j'écrive, et pourquoi est-il visiblement en vie ? Ce matin, j'ai rendu hommage à une âme venue à moi dans toute sa lumière. Une femme douce, paisible, prête à partir.

— Bonjour madame Laflamme.

L'esprit regarde autour d'elle et me répond :

— Bonjour.

— Je m'appelle Solène. Vous m'apparaissez avant de quitter votre vie terrestre.

— Oui, je suis prête. J'ai eu une belle vie. Un peu trop courte, mais très belle.

— Je vous crois, madame.

— Vous savez, lorsque l'on décide d'avancer avec courage, la vie avance aussi vers nous. C'est ce que j'ai appris jour après jour. J'ai vécu une transformation intérieure. Une fois qu'on a traversé ses peurs, on se donne l'occasion de découvrir quelque chose de si beau et de si grand. Une paix qu'on n'a même jamais effleurée. On fait un pas vers qui l'on est, et l'on sait aimer à chaque instant. Nous ne sommes plus jamais seuls. Tu te sens seule parfois ?

Elle a mis le doigt dessus. Cette âme en a à m'apprendre.

— Oui, lui réponds-je tristement.

— La quête de chaque humain est de se souvenir de qui il est et d'avoir la foi. Ne crains pas de sortir de ta zone de confort, demoiselle.

— Merci pour vos bons mots. Vous êtes une grande sage.

Je dois l'avouer : son passage dans ma vie n'aurait pas pu mieux tomber. Les âmes avec mon don semblent souvent venir pour me faire grandir, pour m'ouvrir des portes que j'ignorais devoir franchir. Elles apportent des leçons, des vérités cachées, et parfois, un peu de paix là où il n'y avait que le tumulte.

Lorsqu'elle me touche, une image puissante s'impose à moi, l'incarnation même de l'amour. Douce et forte, elle est comme une vague qui revient sans cesse, caressant le rivage avec tendresse et force. Elle a su illuminer la vie de ceux qu'elle aimait, telle la lumière du soleil, enveloppant tout d'une chaleur rassurante, un amour qui apaise et ranime, vibrant comme des éclats de joie enfantine.

Les phases du sommeil se composent de plusieurs cycles. Le sommeil léger, d'abord, puis le profond. Enfin, le sommeil paradoxal. Le corps est immobile, mais l'esprit s'envole. C'est là que les rêves naissent.

Mais, pour Liam, une porte s'est entrouverte. Son âme, dissociée de son corps, se met à flotter. À peine endormi, il tombe dans un sommeil paradoxal si profond que l'espace et le temps s'effacent. Son esprit commence à errer : c'est la seule explication plausible.

Je reviens lentement à la réalité. Mon regard se pose sur mon programme : Sylvie m'a inscrite à un cours de danse en ligne. Danser, quelle idée délicieuse ! J'adore le rythme. C'est l'art du lâcher-prise, une médecine joyeuse, qui fait vibrer le corps, éteint les pensées sombres et libère les endorphines, ces petites étincelles de bonheur. Une réelle sensation de bien-être dans le corps et l'esprit. Je suis venue ici pour mêler l'utile à l'agréable, pour travailler tout en m'accordant une pause, même si une part de moi devine que ce séjour marquera bien plus qu'un simple répit.

Même si je pense en permanence à Liam/Ami.

* * *

Je prends la direction de la taverne, où je dois suivre le cours. À l'entrée, une affiche :

« Chaque pas compte ! »

Ah ! la danse country ! Une évasion, un retour aux sources, où chaque pas résonne comme un écho des vastes prairies. « Nous vous montrerons comment maîtriser et améliorer votre technique. » Les danses country les plus populaires, votre allié parfait !

C'est plus qu'une danse ; c'est une histoire racontée au rythme des bottes et des chapeaux de cowboy.

En entrant, je remarque quelques personnes assises à des tables. Je me dirige vers le bar et prends place sur un banc au comptoir.

Une femme aux cheveux noirs coupés à la mâchoire et aux yeux noisette s'approche de moi. Elle porte du mascara, qui met son regard en valeur, et du rouge à lèvres rose, qui épouse ses lèvres charnues.

— Je peux te servir quelque chose à boire avant le cours ?

— Une tequila bien forte, s'il te plaît.

— Ah, je vois ! C'est un homme ? me demande-t-elle indiscrètement.

— On ne peut rien te cacher.

— Depuis le temps que je travaille dans un bar, quand une femme commande quelque chose de fort en après-midi, c'est que c'est un problème de cœur.

Je reçois deux coups de tequila. Les petits verres sont originaux, en forme de bottes de cowboy.

— Je suis amoureuse d'un fantôme, lancé-je.

J'avale l'un des verres, je grimace un peu, car je n'ai pas l'habitude d'en prendre, surtout à cette heure.

— Ah, je comprends. Je viens de rompre avec un homme. Un autre verre ?

Pour moi, ce n'était pas une métaphore quand j'ai dit « fantôme ».

— Un dernier. Je suis venue pour le cours de danse, et je veux quand même danser droit.

— Ça tombe bien : je suis la prof ! Et t'inquiète ; je ne t'en tiendrai pas rigueur si tu chancèles ! ajoute-t-elle en riant.

Elle m'offre un autre *shooter*, et nous claquons nos verres.

— Aux fantômes ! s'exclame-t-elle en faisant cul sec.

— On va commencer bientôt, annonce la professeure, qui dépose un chapeau sur sa chevelure.

— En piste, tout le monde !

Les gens se lèvent et rejoignent la piste de danse.

— Je m'appelle Geneviève. Pourquoi se laisser séduire par la danse country ? Parce que c'est le parfait mélange de santé, de divertissement et de convivialité. Se déhancher sur un rythme entraînant, ça brûle les calories sans qu'on voie le temps passer, mais c'est aussi l'assurance de passer un bon moment, le sourire aux lèvres, en bonne compagnie. La danse country, c'est un peu comme une grande famille, où chacun est invité à partager sa joie et son énergie. Alors, chaussez vos bottes, ajustez votre chapeau et préparez-vous à plonger dans le monde joyeux de la danse !

Les gens applaudissent.

— C'est parti pour un voyage, où chaque pas raconte une histoire et devient une découverte, où chaque mouvement porte l'essence de la tradition. Chaque danse est une aventure !

Tous ont leurs chapeaux et leurs bottes. Il n'y a que moi qui sois dénuée de ces accessoires essentiels à la danse en ligne, mais ça m'est égal. Je suis ici pour avoir du plaisir. Position de départ pour la danse en ligne : debout, face à la même direction, en ligne avec les autres en gardant une distance confortable. La professeure se place devant, expliquant la séquence à suivre : des pas chassés, des pivots et des *kicks*. Il faut mémoriser l'enchaînement et rester synchronisé avec le groupe.

Par la suite, on enchaîne avec une autre danse, le *Horseshoe Shuffle*, dont la position de départ est en ligne, face vers l'avant, avec un espace entre chaque danseur. Pour les pas de base, on glisse le pied gauche vers l'extérieur, on ramène le pied droit, et l'on répète en alternant les côtés avec des pas glissés et des *claps*. Glisse, ramène, *clap*, on maintient tout au long de la danse.

Mon corps suit la cadence, le rythme coule dans mes veines et les pas de danse country me font presque oublier Liam. Tout à coup, Geneviève annonce que la prochaine chorégraphie, le *East Coast Swing*, est une danse à deux. En observant autour de moi, je constate que je suis la seule qui n'a pas de partenaire. La chaleur me monte aux joues. Pas de honte franche, mais plutôt cette sensation familière d'être légèrement en décalage, comme si je n'étais pas exactement à la bonne place, au bon moment.

J'hésite entre rester là, sourire comme si de rien n'était, ou reculer d'un pas pour disparaître.

Je me tiens droite. J'inspire. *Ce n'est qu'une danse*, me dis-je.

Avant même d'en faire la remarque, la professeure regarde sa montre et la porte s'ouvre.

— Pile à l'heure. Solène, voici ton cowboy ! s'exclame-t-elle.

Non ; j'avais réussi à ne pas penser à lui pendant une minute. Il me rejoint, passe son bras derrière mon dos. Je sens la chaleur m'envahir. Il m'attire contre lui dans un geste spontané, ce qui me déboussole brièvement. Je ne veux absolument pas perdre le contrôle.

Geneviève prend la parole :

— Placez-vous face à face et tenez-vous par les deux mains. Le pas de base comprend le *rock step* — un pas en arrière puis retour sur le pied en avant –, suivi de deux *triple steps* — trois petits pas rapides sur place. Comptez 1, 2, pour le *rock step,* puis 1-2-3, 1-2-3 pour les *triple steps.*

D'un simple regard, cet homme s'est glissé jusqu'au cœur de mon être, imprimant sa trace dans chacune de mes cellules. Le genre d'attirance qui ne se contrôle pas. Déjà que son âme m'a désarmée, et maintenant, j'admets qu'être près de lui, sentir sa chaleur et son odeur, c'est comme une décharge nucléaire ; danser avec lui est un supplice.

— Maintenant, pour la dernière aujourd'hui, le cha-cha-cha country. Les partenaires se tiennent côte à côte, le guide à gauche. Les pas de base sont un triple pas vers l'avant sur 1 et 2, un pas en arrière sur 3, suivi d'un *rock step* arrière sur 4.

Tout à coup, ce qui devait m'arriver arriva : je glisse et me retrouve au sol. Quelle honte ! Il semble que je suis destinée à tomber chaque fois qu'il se trouve près de moi. Que va-t-il penser ? Liam se penche pour m'aider à me relever en me présentant un bras et en passant l'autre autour de ma taille. À cet instant précis, je le vois passer sa langue sur sa lèvre inférieure. Tout ce que je veux, c'est goûter sa bouche avec fougue. Il réveille en moi un désir que je n'ai jamais ressenti avant.

— Très bien. N'oubliez pas que le but est de s'amuser. Alors, mettez votre *playlist* country préférée et transformez votre salon, votre garage ou votre jardin en salle de danse ! Merci, vous avez été de super élèves !

Je ris nerveusement en sortant du fantasme de vouloir goûter à ses lèvres. Les apprentis danseurs quittent le bâtiment un à un, certains encore souriants, d'autres un peu gênés par leurs deux pieds gauches. Je m'apprête à faire de même, quand j'entends Geneviève s'approcher de Liam et lui souffler à voix basse :

— Tu peux rester une minute ? J'aimerais te parler.

Je ralentis, le cœur étrangement agité. Est-ce qu'il se passe quelque chose entre eux ? Un souvenir ancien ? Une tension que je n'aurais pas perçue ? Les images s'enchaînent dans ma tête comme un mauvais film muet. Je m'oblige à respirer calmement, mais l'idée s'est déjà faufilée sous ma peau.

* * *

De retour au chalet, je fais couler l'eau de la baignoire. Le grondement régulier du robinet me berce pendant que je défais lentement mes cheveux devant le miroir. Ils tombent en cascade sur mes épaules, encore imprégnés de l'odeur de sueur et de foin. Mon reflet me fixe, les joues rosies, les yeux brillants d'un éclat que je ne reconnais pas tout à fait. Un éclat de trouble. De désir.

Je laisse glisser mes vêtements un à un, jusqu'à ce que ma peau frissonne à l'air libre. J'entre dans l'eau chaude, et elle m'enveloppe comme une promesse de refuge. Ma tête repose contre le rebord, et je ferme les yeux. L'écho de la soirée résonne encore dans mon corps, mais ce n'est pas la danse qui m'a troublée. C'est lui. Liam.

Le souvenir de ses mains sur mes hanches, de la tension électrique entre nous, de son regard, qui fuyait parfois le mien, comme s'il avait peur de ce qu'il pourrait y voir.

Sans m'en rendre compte, ma main explore ma jambe, remonte lentement vers ma cuisse. Un frisson me traverse. La caresse est douce, hésitante, comme un aveu secret que je me fais à moi-même. Chaque effleurement éveille une chaleur diffuse, qui grandit, s'étend, se transforme.

Je ne pense plus. Je ressens. Mon corps devient un langage sans mots, une prière silencieuse adressée à l'absence. Mes doigts valsent sur ma peau, chorégraphie intime et effrénée. Ma respiration s'alourdit, mes paupières tremblent. J'imagine ses mains à lui, son souffle dans mon cou, le poids de son torse contre ma poitrine.

Les frontières se brouillent. L'eau, la chair, le désir. Mes soupirs deviennent plus profonds, plus pressés. Je cherche une réponse, un relâchement, une vérité dans le plaisir. Je me tends, me perds, me noie dans un vertige incandescent.

Et lorsque l'orgasme me traverse, violent et doux à la fois, ce n'est pas seulement la jouissance que je ressens : c'est un manque. Une faim que même ce moment ne peut combler.

Je reste là, haletante, l'eau tiède glissant sur ma peau. Mes pensées reviennent à lui. À Liam.

Est-ce que Geneviève l'a appelé pour moi ? Ou pour elle ? Est-ce qu'il est venu par curiosité, par devoir, ou parce qu'il ressent quelque chose, lui aussi ?

Je ne sais plus. Ce que je sais, c'est que ce trouble, cette tension en moi, ne vient pas de nulle part. Il est là. Il est réel. Ami est Liam, sans aucun doute.

CHAPITRE 14

Liam

Geneviève verrouille la porte de la taverne, puis vient me rejoindre, s'asseyant à mes côtés au bar. Elle me tend une chope de bière. Je dépose une main sur son épaule, puis la laisse glisser doucement le long de son bras. Elle baisse la tête, hésitant à parler.

— Regarde-moi, Geneviève, dis-je en épousant le contour de son visage pour la faire pivoter vers moi.

— Liam, je n'ai pas encore réfléchi à nous donner une autre chance.

Son regard est chargé d'incertitudes, comme si elle cherchait une réponse qu'elle n'ose pas formuler. Je pose mes mains sur ses genoux, mes yeux capturant les siens, cherchant un signe, un frémissement.

— Cesse de me regarder comme ça, sinon je ne pourrai plus me retenir.

— Retenir quoi ?

— De t'embrasser.

Je l'embrasse. Sa main effleure mon pantalon, puis elle lève les yeux vers moi, rapproche sa bouche de mon oreille. Je dépose un baiser brûlant sur son cou.

— Désolée, Liam, murmure-t-elle en s'arrêtant. Si on fait l'amour, ce sera compliqué. Je veux avoir les idées claires. Je veux une garantie qu'on s'engage vraiment.

— Je comprends.

— Mon quart de travail de ce soir m'attend. Je dois me préparer.

— Je te laisse y réfléchir. Prends tout le temps qu'il te faudra.

— Bonne soirée, et merci d'avoir été le partenaire d'une de mes élèves qui n'en avait pas.

— Au plaisir !

Je me lève, dépose mon verre sur le comptoir et prends une profonde inspiration. Mes pas résonnent sur le plancher de la taverne vide. Chaque bruit me rapproche de l'air frais de l'extérieur. En franchissant la porte, je sens la brise me caresser le visage, comme un appel vers autre chose. La taverne disparaît derrière moi, avec ses lumières chaudes et son parfum de bois ciré. Je m'éloigne, lentement, le cœur encore chargé de ce qui vient de se passer, conscient que ce n'est qu'un moment suspendu avant que nos vies ne reprennent leur cours.

* * *

Dans ma chambre…

Le soleil couchant étale sur la montagne un crépuscule incandescent, des couleurs de feu qui s'étiolent lentement. Je lève les yeux vers la fenêtre, où une fine ligne blanche apparaît, telle une touche de peinture sur une toile sombre. Mon esprit s'emballe, emporté par un tumulte d'émotions contradictoires.

Je repense à cette danse. À Solène. À la façon dont son corps s'était accordé au mien avec une évidence déconcertante. C'est ridicule, non ? Je ne la connais presque pas. Quelques échanges, des silences partagés, des regards qui durent un peu trop longtemps. Rien de solide. Rien qui devrait laisser une trace aussi vive.

Peu à peu, le ciel s'assombrit, la montagne s'efface dans la nuit noire, et les étoiles s'allument une à une, scintillantes et silencieuses.

J'ouvre la fenêtre. Une brise fraîche effleure mon visage, portant avec elle la mélodie nocturne des insectes et la douceur de l'ombre qui tombe.

Je pense à ma vie, à mes blessures qui ne cicatrisent jamais tout à fait, à mes erreurs, à mes amours brisées, à ces séances de thérapie, où je m'efforce de comprendre ce qui cloche en moi. Nous sommes tous marqués, dit-on. J'ai le droit d'être heureux. D'aimer. Mais est-ce avec Geneviève ? Que dirait madame Elder si elle me voyait ce soir ?

Je reçois un texto.

— Liam, dors-tu ?

— Non.

— J'arrive dans cinq minutes.

* * *

Geneviève franchit le seuil de la porte, les yeux embués de larmes.

— Voyons, qu'est-ce qui se passe ?

— Promets-moi que tu ne me feras plus jamais souffrir.

— Ce n'est pas mon intention.

— Je n'arrête pas de penser à toi. Es-tu vraiment sûr de vouloir cette deuxième chance ?

Je n'ai pas le temps de répondre qu'elle détache son chemisier.

— Prends-moi ici. Aime-moi.

Elle s'avance vers moi, dénoue mon pantalon. Mon membre durcit sous la douceur brûlante de sa main. Elle me guide vers le canapé, se déshabille lentement.

Geneviève écarte les jambes, saisit fermement mon sexe et l'enfouit en elle en s'asseyant. Un gémissement s'échappe d'elle au contact. Ses mains s'accrochent à mes épaules tandis qu'elle entraîne des mouvements de va-et-vient.

— C'est bon, Liam.

— Oui, continue.

— Mon amour, je t'aime.

Nos corps s'emballent, frénétiques. L'instant est brut, animal. Une réponse instinctive à un manque ancien, mal orienté. Par la suite, tout s'arrête instantanément.

— Wow, c'était intense ! s'exclame-t-elle.

— C'était bon.

Mais déjà, un vide commence à s'insinuer en moi.

— Je veux que tu sois à moi. Que tu me prouves que tu veux t'investir. On se marie ?

Le mot tombe comme un couperet, résonnant dans la pièce. Trop fort. Trop vite. Trop soudain.

Je reste figé. Mon esprit embrouillé par l'excitation et par la fatigue lutte pour comprendre. Une voix au fond de moi hurle d'attendre, de réfléchir, et Solène… Son souffle. Mais je ne l'écoute pas.

Après cette nuit de passion, je ne peux que dire oui. Je suis loin de soupçonner l'ampleur de ce que j'ai signé.

Geneviève s'en va à l'aube, m'informant qu'elle part en formation pour quelques jours. Son retour est prévu le lendemain de l'ouverture de la foire. Alors, à son retour, nous discuterons, pour vrai, de notre avenir.

Je ferme la porte derrière elle. Le silence me tombe dessus comme un poids. Et moi, je réalise enfin ce qui vient de se passer cette nuit.

Une boule me serre la gorge, mais ce n'est ni de la joie ni du soulagement. Juste cette vieille compagne qui ne me quitte jamais : la confusion.

CHAPITRE 15

Solène

En m'éveillant, mes yeux se posent sur le ciel. Les nuages ressemblent à des galets et à des rouleaux, formant un ciel pommelé. Ce matin, j'ai au programme un exercice de respiration en nature, suivi d'une petite randonnée dans l'après-midi. Quel bonheur de prendre le déjeuner à la table extérieure en admirant la beauté du paysage !

En me brossant les dents, je prends quelques secondes pour me regarder dans le miroir, me demandant pourquoi l'âme de Liam ne vient plus me rendre visite. Pourquoi a-t-elle disparu une journée avant que j'arrive dans cet endroit ? Coïncidence ? Est-ce parce que son âme savait que j'allais le retrouver ? Que devrais-je faire pour que son âme se souvienne ? J'ai du mal à être à proximité de lui sans pouvoir le toucher et lui dire la vérité. Est-ce qu'il me croirait ? J'enfile une camisole et un jean avant de me rendre au rendez-vous.

Des tapis de yoga sont installés l'un en face de l'autre. Liam m'accueille, de même que les quelques personnes qui se sont jointes à l'exercice. Je passe près de lui, nos épaules se frôlent. La sensation est si forte que ça m'en coupe le souffle. Quand ses yeux me regardent, je sens que ça me brûle la peau. Une émotion à la fois intense et électrisante.

J'ai l'impression d'être isolée dans un espace-temps surréaliste. Liam prend la parole.

— Bienvenue à l'exercice de respiration et de relaxation.

Je lui offre mon plus beau sourire en prenant place, assise, les jambes croisées.

— Tout d'abord, je vais vous parler des bienfaits, puis nous ferons l'exercice.

Nous sommes à l'écoute.

— Une respiration calme, profonde et régulière détend et apaise. Les inspirations apportent l'oxygène, indispensable au système sanguin pour nourrir les cellules et les tissus. Les expirations chassent les toxines. La vitalité et l'énergie sont ainsi renouvelées ; l'équilibre mental et émotionnel, rétabli. Laissez vos pensées s'envoler doucement. Accordez-vous quelques instants, le soir et le matin, pour vous concentrer sur votre respiration. Jusque-là, vous me suivez ?

Tout le monde acquiesce et je ne peux m'empêcher de le trouver sexy. Liam poursuit.

— Respirez par le ventre plutôt que par la poitrine. Soufflez le plus longtemps possible pour chasser tout l'air des poumons. L'inspiration suivante sera automatiquement plus profonde. Se concentrer sur son rythme respiratoire et le stabiliser peu à peu possède un pouvoir relaxant extraordinaire. En vous concentrant sur votre respiration pendant quelques instants, vous parviendrez à calmer votre système nerveux. Tout votre être sera apaisé. Vous allez voir ; combiné avec un massage, cela soulage la douleur, chasse les tensions et calme le système nerveux. Le contact des mains sur la peau apporte plénitude et bien-être. Êtes-vous prêts à respirer ?

Les mots résonnent doucement en moi. Le contact des mains sur la peau…

Sans le vouloir, une image s'impose. Et si c'était les siennes ?

Je tente de chasser cette pensée, mais mon corps, lui, s'y attarde. J'imagine la chaleur d'une paume, la pression juste, ni trop ferme, ni trop légère. Un frisson discret glisse le long de ma colonne vertébrale. Je me surprends à me demander si, sous ses doigts, je me sentirais enfin en sécurité, ou dangereusement vivante.

Je prends une inspiration plus profonde.

Ce n'est qu'un exercice, me répété-je.

Pourtant, quelque chose en moi espère déjà.

— Oui ! lâchons-nous tous en même temps.

— Posez une main sur votre diaphragme et l'autre sur votre ventre. Inspirez et expirez profondément par le nez. Puis, relâchez les mains, les bras et les épaules. Inspirez et expirez.

Mon corps est complètement relâché. J'ai l'impression de flotter. Je respire dans les silences qui relient chaque souffle. Entre l'inspiration et l'expiration, une paix fragile s'installe, presque trop belle pour durer. Des larmes me montent aux yeux sans que je puisse les retenir.

* * *

Une table de massage est déjà prête à me recevoir. Liam me fait signe de m'installer. J'obéis, le cœur battant, nerveuse à l'idée de sentir ses mains sur moi. Mais, dès qu'il commence, son toucher balaie toute appréhension. Ses gestes sont précis, enveloppants, comme s'il me connaissait déjà par cœur.

Quand il glisse ses mains le long de ma colonne vertébrale, un frisson incontrôlable me parcourt. Je retiens mon souffle, espérant qu'il ne l'ait pas remarqué. Pourtant, ses paumes ralentissent un instant, comme s'il avait perçu mon trouble. Alors, il insiste sur cette zone, mais d'un geste plus doux, presque protecteur. Je ferme les yeux, me noyant dans cette tendresse.

À mesure que ses doigts dénouent mes tensions, c'est mon cœur qui semble se délier. Des souvenirs me traversent : son rire, ses regards. Je voudrais me convaincre que ce n'est qu'un massage, qu'il ne fait que son travail. Mais chaque effleurement réveille quelque chose de plus profond, comme si mes rêves et ma réalité s'entremêlaient.

Ses mains quittent un instant mon dos. Il se penche et, dans un souffle à peine audible, il murmure :

— Laisse ton âme voyager.

Je frémis. Ces mots me percutent en plein cœur, comme une clé qui déverrouille une serrure. C'est exactement ce que je ressens : son âme qui vient rejoindre la mienne, comme si elle l'avait toujours su, toujours cherché. Et, dans ce vertige, une pensée m'envahit avec force : si seulement Liam pouvait se rappeler qu'il venait déjà me visiter en tant qu'âme, bien avant que nos corps ne se frôlent !

Je n'ai plus peur. Je me laisse aller, portée par cette étrange communion invisible.

Lorsqu'il finit par mes pieds, un soupir m'échappe, à la fois de soulagement et de tristesse. Je sens mes yeux briller encore. Je détourne la tête, mais Liam se penche légèrement, comme pour vérifier si je vais bien. Ses doigts frôlent brièvement mon poignet, un contact fugace, qui n'a rien de professionnel. Un geste minuscule, mais qui résonne très fort en moi.

Je sais que je devrais me reprendre, retrouver une distance. Pourtant, tout mon être aspire à rester là, sous ses mains, à croire que cet instant n'est pas qu'un soin, mais un fragment d'éternité.

CHAPITRE 16

Solène

Je l'accompagne jusqu'à l'écurie, où il commence à brosser et à seller les chevaux pour la randonnée. L'odeur du foin et de la paille me frappe de plein fouet, me rappelant les étés passés à la campagne. Je perçois les hennissements, les bruits de sabots qui frappent le sol.

Je suis affectée par la douceur avec laquelle Liam traite les animaux. Il choisit un étalon noir avec des taches blanches, tandis que je m'occupe de ma jument, Cannelle, au pelage caramel. Nous échangeons quelques mots, mais chaque geste, chaque regard me fait espérer qu'un déclic se produise.

— Il faut s'assurer qu'aucun objet pouvant blesser l'animal ne traîne, m'explique-t-il.

Liam tourne les talons pour sortir la jument, un licol en place sur sa tête. Je m'avance, mais reste à une distance respectueuse de l'animal, observant Liam, qui flatte l'encolure de la jument tout en lui parlant doucement. Il finit de la seller, puis se tourne vers moi.

— Solène, as-tu quelque chose pour couvrir tes épaules ?

— Pourquoi ?

— Pour ne pas te brûler. Même s'il y a des nuages, le soleil peut être traître.

Il disparaît dans l'écurie après avoir attaché l'animal et revient avec une chemise crème.

— Merci. J'aurais pu aller chercher quelque chose au chalet.

— Pas la peine. J'en laisse toujours une ici, au cas où. Elle t'ira parfaitement.

Je la prends, mais, dès que je l'enfile, un frisson me parcourt. C'est comme si je portais son parfum. Et lorsque ses yeux se posent sur moi, un frisson incontrôlable me saisit. Je sens mes mains trembler, ma poitrine se soulever.

— C'est au tour de Joe, me prévient-il.

Je souris, un peu nerveuse, puis hoche la tête, certaine que mes yeux pétillent d'anticipation. J'ai hâte de partir en randonnée avec lui.

Il commence à panser Joe avec une grande attention. Je le regarde, fascinée par la communion qu'il entretient avec l'étalon. Il lui parle doucement tout en le préparant, l'étalon reniflant chaque objet qu'il touche ; une scène presque hypnotique. Liam met ensuite la selle, attache le mors dans la bouche de Joe et vérifie le filet. Tout est parfait. Il guide ensuite sa monture dans le manège, où de gros tonneaux sont placés, prêts pour l'entraînement.

Liam s'élance alors sur sa monture, partant au galop, talonnant Joe, qui virevolte autour des tonneaux avec une grâce incroyable. Chaque geste est fluide, maîtrisé. Il frôle les obstacles, les contourne avec une précision déconcertante, avant de ralentir et de s'arrêter dans un nuage de poussière.

— Je te fais la démonstration de Joe. Il a remporté le premier prix l'an dernier à la foire.

Je m'appuie contre la barrière en bois, hypnotisée par la symbiose entre l'homme et l'animal. Le galop, la puissance, la légèreté du cheval : tout est magnifiquement synchronisé. Liam et Joe ne forment plus qu'un. D'un mouvement sec, l'homme talonne sa monture, qui s'élance de nouveau au triple galop. Sa main agrippe le pommeau de la selle ; l'autre tient fermement les rênes. Il contourne le premier tonneau avec une habileté folle, sans même le frôler. Puis le deuxième. Le troisième. À la limite du dérapage, Joe glisse sans jamais perdre l'équilibre, avant de revenir vers le point de départ, tout en douceur. Il ralentit et s'immobilise.

Liam caresse sa bête pour la féliciter, puis relève la tête. Son regard accroche le mien. Mon cœur bondit dans ma poitrine. Je crois qu'il sourit.

Après cette démonstration, il m'enseigne la base, et nous commençons notre randonnée. Je me laisse bercer par le rythme régulier de ma monture, les rênes dans les mains, le vent sur mes joues. J'ai chaud. Peut-être parce qu'il est là.

— J'aime beaucoup cet endroit. C'est vraiment magnifique. On sent l'amour que tu as pour ton ranch.

— Oui. C'est mon havre de paix. J'aime ces bêtes. Elles incarnent la force et la liberté. Le cheval permet aussi de reconnecter la tête, le cœur et le corps. Ça complète bien mon travail en massothérapie. J'aime le silence, la nature… le calme. C'est fou comme c'est différent de la ville.

— En effet, c'est différent.

— Tu vis seule ? demande-t-il timidement.

Essaie-t-il de savoir si je suis en couple ?

— Désolé, je ne voulais pas être indiscret, s'empresse-t-il de dire.

— Non, c'est bon. Mes parents ne sont pas loin.

— C'est une bonne chose.

Il prend un peu d'avance, laissant sa monture le porter dans le pâturage. C'est ma première sortie à cheval, et cette sensation de liberté est grisante. Je souris en observant ses épaules musclées, son dos droit. Un vent léger se lève, faisant voler mes boucles autour de mon visage. Le ciel gronde au loin.

— On va devoir écourter la randonnée, la pluie approche, dit-il en scrutant l'horizon.

Nous rentrons vers l'écurie pour mettre les chevaux à l'abri. En voulant l'aider, j'essaie de dégager une fourche coincée dans une botte de foin. Je sens sa présence dans mon dos, je tire un peu trop fort, et la fourche se libère d'un coup sec, heurtant violemment le visage de Liam.

— Aïe !

— Merde ! Je suis désolée !

— Ça va. C'est juste un accident, dit-il en se frottant la joue.

Je meurs de honte à l'intérieur.

— Que dirais-tu d'un souper ? Je pense qu'on l'a bien mérité après cette journée.

Je ne suis pas certaine de le mériter après l'avoir blessé, mais je ne dirais pas non à un moment de plus passé avec lui.

— Après tout, tu es une invitée VIP, ajoute-t-il en souriant.

Nous quittons l'écurie côte à côte. La lumière du soir s'étire sur le gravier. Un calme apaisant s'installe entre nous, cette forme de silence où tout semble possible. Il ouvre la porte de la maison et va dans la cuisine. L'odeur du bois, mêlée à celle du foin, flotte encore autour de nous. Je le regarde s'affairer un instant, incapable de rester les bras croisés.

— Laisse-moi t'aider au moins.

— Tu cuisines ?

— Non, je suis une catastrophe en cuisine. À vrai dire, je le suis un peu partout…

Il rit doucement.

— Tu verras, ce n'est pas compliqué. Et puis… les petites catastrophes, c'est plutôt charmant.

Je rougis. Il ne vient pas de me draguer, là ? Il sort deux tabliers.

— Alors, assistante, ce soir, on prépare un bol-repas au poulet, bacon et sauce César.

— Hmm, ça met en appétit.

— Mais restons loin des couteaux aujourd'hui. J'ai déjà eu ma dose de sang, plaisante-t-il.

Nous éclatons de rire.

— Tu as raison, je suis un peu trop propice aux accidents, ces temps-ci.

— Je vais te faire préparer la vinaigrette : parmesan râpé, mayonnaise, jus de citron et une touche de moutarde de Dijon. Et pour changer de la classique salade César, on fait un bol : riz, laitue, bacon croustillant, poulet grillé, croûtons, câpres, et cette fameuse vinaigrette crémeuse.

— Tu fais souvent cette recette ?

— Assez. C'est une amie qui me l'a fait découvrir. Un verre de vin rouge ?

— S'il te plaît.

J'enlève la chemise qu'il m'avait prêtée, découvrant mes épaules. Il me désigne un vaisselier élégant, aux portes de verre trempé.

— Tu peux servir les verres. Ils sont là-dedans.

Je retiens mon souffle en ouvrant l'armoire, presque sûre de tout faire tomber. Mes mains tremblent légèrement. Et, miracle : aucun cataclysme. Mieux encore, je sers le vin sans en renverser une goutte.

Le repas est prêt. Liam nous sert à table.

— Tu écris… pour la nécrologie, c'est ça ?

— Oui.

— Plutôt morbide, non ?

— Je crois que toutes les personnes méritent un dernier hommage. C'est comme ça que je le perçois.

— Je comprends. Qu'est-ce que tu aimes d'autre ?

— Hum… c'est délicieux, m'exclamé-je en reprenant une bouchée. En tout cas, j'aime ça !

— Ravi que ça te plaise !

— J'aime aussi la nature, la danse… et écrire.

Le repas se déroule à merveille. Je retrouve nos rires, les conversations sont naturelles ; cette complicité spontanée que nous partagions lorsqu'il venait me rendre visite est, elle aussi, au rendez-vous. Et ça me trouble. Je me sens de plus en plus attirée par lui. J'aimerais pouvoir le lui expliquer, mais même pour moi, tout ça reste difficile à croire.

Liam se lève de table, ramasse ma vaisselle et la dépose sur le comptoir de la cuisine. Je le rejoins, les verres de vin en main, pour l'aider. Tandis que je savonne les assiettes et qu'il les essuie d'un torchon, je sens que l'énergie entre nous devient plus dense, presque électrisante. Nos regards se croisent, se cherchent. Et moi… pendant tout le repas, je n'ai eu qu'une seule envie : le sentir près de moi.

Il range la dernière assiette dans l'armoire, puis s'approche de moi. Il est si près ! Le dessin de sa bouche m'attire, irrésistiblement. Ce baiser rêvé… ce baiser me transporte ailleurs. Il m'attire doucement contre lui.

— Tu aimes danser ?

— Euh… oui, soufflé-je, presque à contrecœur.

Je sors brusquement de mon fantasme.

— Alors, dansons ! s'exclame-t-il, enthousiaste.

Liam se lève, pousse les chaises et met de la musique.

Quelques verres de vin plus tôt, j'aurais hésité, mais maintenant, la gêne s'est envolée. Sur l'air de *The Kind of Love We Make*, de Luke Combs, on s'élance dans une danse vive et rythmée. Sauts, *kicks*, pas rapides… Puis la chanson change. Le rythme devient plus fluide, presque sensuel. Glissements latéraux, demi-tours… jusqu'à ce que l'on se retrouve face à face, essoufflés, figés.

Nos regards se croisent et s'accrochent, comme aimantés. Une tension électrique s'installe, vibrante, presque irréelle. Je sens cette chimie brûlante entre nous, palpable dans l'air. Nos visages se rapprochent, au point que nos lèvres se frôlent presque. Son souffle effleure ma peau, et le mien se suspend, comme si le temps s'était arrêté.

Mais soudain, la sonnerie du téléphone de Liam brise le moment. Il sursaute légèrement, détourne les yeux, puis décroche, visiblement mal à l'aise.

— Que se passe-t-il, Sylvie ?

Je recule légèrement, lui glisse un remerciement pour le repas. Je ne veux pas être une intrusion dans cet appel.

— Lili ? C'est maintenant alors ?

Il raccroche, son regard se plante dans le mien.

— C'est grave ? demandé-je, inquiète.

— Lili, la jument… elle va mettre bas. Tu veux venir ?

Je n'hésite pas une seconde. Vivre un poulinage ? C'est une occasion unique. Alors, j'accepte.

En entrant dans l'écurie à ses côtés, je sens l'air chargé d'humidité, le parfum du foin, et la tension palpable.

— Tout doux… murmure Sylvie, la main caressant le flanc de la jument.

— Comment va-t-elle ? demandé-je en m'approchant, un peu nerveuse.

— Je n'ai pas réussi à joindre le vétérinaire. Je lui ai laissé un message, dit-elle, l'air préoccupé.

C'est la première fois que j'assiste à la naissance d'un poulain. Je suis partagée entre nervosité et fascination. Chaque geste de Sylvie, de Liam, chaque frémissement de la jument me captive. Mes yeux ne quittent pas la scène, comme si j'étais suspendue à l'instant, témoin d'un moment fragile et puissant à la fois.

Liam et Sylvie demeurent sereins face au cheval. Tout à coup, la jument se recule et se couche dans la paille. Une vague de terreur m'envahit, et je m'empresse de demander :

— Est-ce que c'est normal ?

Ils me regardent, et je sens qu'ils peuvent lire la peur dans mes yeux, mais leur calme semble à toute épreuve.

— On est avec toi, ma belle Lili, dit Liam, sécurisant, en caressant doucement le cheval.

— Elle ne devrait pas être allongée, murmure Sylvie. Peut-être que le poulain n'est pas dans la bonne position ?

Voir Liam si près de l'animal, si attentionné, réconfortant et rassurant, me fait l'admirer davantage. Cela confirme les sentiments qui grandissent en moi, des sentiments difficiles à ignorer.

— Ça arrive parfois, quand elles n'ont jamais pouliné. Elle ne sait pas ce qui lui arrive. Elle est fatiguée, elle se repose avant le grand moment. Et c'est pour bientôt. Nous n'avons rien à faire, affirme Liam. Il faut seulement être présents pour elle.

Les contractions s'accélèrent, se rapprochent. La jument hennit, un cri qui semble résonner dans la nuit. C'est un moment magique. Un instant suspendu dans le temps. Puis, lentement, le poulain arrive, déterminé, à la recherche du monde extérieur.

Je m'approche, le cœur battant. Ça y est, le nouveau-né est enfin libéré de sa poche. Il ouvre lentement les yeux et fixe le monde autour de lui, comme s'il prenait ses premières respirations conscientes. Sa peau est tout humide, et ses membres frémissent légèrement, encore inertes. Mais dans son regard il y a déjà une lueur de vie, de curiosité.

Liam et Sylvie restent là, silencieux, observant l'animal avec une douceur presque palpable. Le poulain, encore fragile, cherche à se relever. Ses pattes tremblent sous lui, et il chancelle, mais il est résolu à se tenir debout.

— Regarde, il essaie déjà, dit Sylvie, une pointe de fierté dans la voix.

Je reste là, fascinée par ce miracle de la nature. C'est la première fois que je vois un tel spectacle, la naissance d'un être vivant dans sa forme la plus pure et la plus vulnérable. Tout autour de nous, la nuit semble se suspendre, comme si le monde entier était en attente de ce moment précis.

Liam se penche doucement vers le poulain, le caressant sur le cou, d'une main pleine de douceur et d'expérience. Il lui parle d'une voix basse, presque rassurante, comme s'il voulait lui donner la force de se lever et d'avancer dans ce nouveau monde.

— Bienvenue, petit, murmure-t-il.

Je les observe, touchée par la scène, mon cœur gonflé d'une émotion nouvelle. C'est beau, c'est intense, presque sacré.

— Wow, c'est merveilleux.

* * *

Liam

Un moment magique. Lorsque Solène me félicite, elle effleure ma main. C'est étrange : la douceur de sa peau me traverse comme une décharge électrique. Est-ce l'adrénaline qui redescend, ou bien son petit sourire et ses yeux pétillants qui me chamboulent ? Je crois même la voir rougir en retirant sa main, les yeux baissés avec une pudeur touchante.

***

Solène

L'écurie retrouve peu à peu son calme, bercée par le souffle apaisé de Lili et les premiers mouvements maladroits du poulain. L'air sent la paille chaude, la vie, et un peu la fatigue aussi. Je me tourne vers Liam, encore accroupi près de la jument, le visage marqué par l'intensité du moment.

— C'était incroyable… merci de m'avoir permis de vivre ça, soufflé-je.

Il se redresse lentement, essuie ses mains sur un chiffon accroché à une poutre, puis croise mon regard.

— Merci à toi d'avoir été là. Peu de gens comprennent ce que ça représente. La naissance d'un poulain, c'est un peu comme un petit miracle chaque fois.

Je hoche la tête, encore bouleversée. On reste là un instant, dans le silence chargé de sens.

— Tu sais, j'ai eu peur, avoué-je. Quand elle s'est couchée comme ça… j'ai cru qu'il allait arriver quelque chose de grave.

— C'est normal. Mais tu t'es bien débrouillée. Tu es restée. Tu as écouté, observé… Tu en as fait plus que certains.

Je baisse les yeux, touchée par ses mots. Puis je le regarde à nouveau.

— J'aime ce que tu dégages, Liam. Ce calme, cette force tranquille…

Il esquisse un sourire, un peu gêné, et glisse ses mains dans ses poches.

— C'est peut-être les chevaux qui m'ont appris ça. Ou la vie, va savoir.

Un léger vent s'engouffre dans l'écurie, soulevant une mèche de mes cheveux. Liam tend la main pour la replacer doucement derrière mon oreille. Son geste est délicat, presque timide.

— Il se fait tard… Tu veux que je te raccompagne ?

— Non, c'est bon. J'ai besoin de marcher un peu. Mais… merci pour cette soirée.

Il hoche la tête lentement.

— Dors bien, Solène.

— Toi aussi, cowboy.

Je tourne les talons, le cœur battant, et m'éloigne dans la nuit tiède. Son regard me suit, je le sens. Il y a quelque chose entre nous. Quelque chose qui commence doucement à naître, tout comme ce petit poulain. J'espère que tous ces rapprochements entre nous lui rendront ne serait-ce qu'une bribe de mémoire.

CHAPITRE 17

Solène

J'ouvre les yeux, noyée sous les larmes. Je me souviens d'avoir déjà fait ce cauchemar, mais cette fois, c'est différent. Les scènes sont floues, fragmentées, et elles me semblent déconnectées. Les images défilent, sans logique, mais, dans ce rêve, j'ai le rôle principal au lieu d'être simple spectatrice. Il commence ainsi.

Des larmes silencieuses dévalent mes joues, comme chaque fois que je me retrouve seule. Ce moment de tension est semblable à l'émotion ressentie en regardant un film d'horreur, l'anxiété qui monte sans prévenir. Le cycle se répète, chaque fois plus intense, et je me sens de plus en plus isolée, totalement impuissante.

Puis, les poings de cet homme frappent sans retenue, faisant trembler mon corps sous chaque coup.

Soudain, je me mets à marcher précipitamment, sans courir, comme si je me sentais poursuivie, et je monte dans un train. La peur me serre le ventre. J'entends ce bruit rythmé, celui d'un mécanisme en mouvement, un sifflement qui se mélange au crépitement du carburant qui fait bouillir l'eau de la machine à vapeur.

Je me perds dans ce son, abandonnée à cet homme avec qui je ressens de la tendresse, celui dont un seul regard m'a fait tomber amoureuse. Mais tout a basculé. Il y a eu des cris, du sang, des bruits stridents… puis je me réveille, en sueur, le cœur battant la chamade.

Cet homme dans le train avait fait battre mon cœur comme jamais, mais la douleur qui a suivi était aiguë, comme un couteau planté dans ma poitrine et qu'on arrache brutalement.

Je tente de me calmer en marchant dans les champs, en respirant l'air frais et pur de la campagne. Tout semble paisible, en contraste frappant avec la tempête intérieure qui fait rage en moi. Je repense à hier, à cette journée qui aurait été parfaite pour un premier baiser, et à ce moment magique lors de la naissance du poulain. Tout aurait pu être parfait, mais il manquait quelque chose, cette étincelle, cet instant suspendu.

Les écouteurs dans les oreilles, je me perds dans mes pensées. Mais soudain, un bruit de galop fait écho dans l'air. Je me retourne et vois surgir de nulle part un étalon imposant. Sa musculature est impressionnante ; il fonce droit sur moi. Qu'est-ce qui m'a pris d'aller marcher si loin au milieu des animaux ? C'est bien moi, trop distraite.

L'étalon saute d'une patte à l'autre, et je suis paralysée, incapable de détacher mes yeux de cette bête qui hennit sans ralentir. Je relève mes épaules, replie mon cou et ferme les yeux, comme si cela pouvait m'épargner. Je m'attends à sentir le choc, mais il n'arrive pas. Un souffle de vent me balaie et je tombe sur les fesses, complètement abasourdie. Le sang se glace dans mes veines, et je sens mes jambes trembler. Je me force à respirer ; mes poumons se remplissent d'air, comme si cela allait m'aider à reprendre le contrôle de mon corps.

Je me relève doucement, les yeux écarquillés, et découvre Liam, fermement campé dans ses étriers, monté sur son cheval.

Hé merde ! m'exclamé-je intérieurement.

— Ça va, Solène ? me demande Liam d'une voix calme.

— Oui, je prenais un peu l'air…

Je m'efforce de cacher ma gêne. Qu'est-ce qu'il a vu ? Moi, figée de peur, ou simplement allongée dans l'herbe comme une idiote ?

Je me redresse difficilement, mais je parviens à me tenir debout. Il descend de sa monture d'un mouvement fluide et s'avance vers moi.

— Faut faire attention pour ne pas se coucher dans le crottin de cheval, dit-il avec un sourire amusé.

Je regarde rapidement mes vêtements. L'idée d'être couverte de crottes devant lui me ferait mourir de honte.

Une brise légère emporte une odeur de baume floral jusqu'à mes narines, une senteur douce et envoûtante, qui me trouble profondément. Elle me remue, me fait frissonner, du bout des orteils au cuir chevelu.

— Attends ! Je peux ? dit-il soudain, en balayant une mèche de cheveux qui tombait sur mon visage et en y retirant quelques brins d'herbe coincés. Puis, il remonte sur son cheval.

— Je te raccompagne ? ajoute-t-il, tendant la main vers moi.

Je ris. Ce geste, tellement naturel, me fait fondre. Il m'invite à monter avec lui, à m'installer près de lui, et, en une fraction de seconde, je me sens comme envoûtée. Un frisson imprévisible me parcourt la colonne vertébrale, cette proximité romantique avec lui me secoue d'émotions. Je me tiens contre sa taille pendant que le cheval avance doucement. Mon cœur s'emballe, battant à tout rompre. Je ne veux pas que ce moment se termine, mais, à l'arrivée, Liam me surprend avec sa demande.

— Ça te dit ce soir d'aller à une compétition de taureau mécanique… pour ton article ?

Je n'hésite même pas une seconde. L'idée de passer une soirée avec lui, peu importe l'endroit, me fait accepter sans réfléchir.

— Oui, c'est une bonne idée.

— D'accord, rejoins-moi devant l'écurie à 19 heures. On va prendre mon camion.

Je n'en crois pas mes oreilles. Il m'a invitée à une soirée. De retour au chalet, un petit cri de joie s'échappe de ma bouche, comme une gamine qui se fait inviter à un bal. Qu'est-ce que je vais bien pouvoir porter pour ce genre de sortie ? Je fouille dans ma valise à la recherche de quelque chose de convenable. Mes yeux s'arrêtent sur un simple jean et un t-shirt noir ajusté. Parfois, rien ne vaut la simplicité. Et surtout, être moi-même.

Un vertige me prend soudainement, si brutal que je dois m'asseoir au bord du lit. Ma vision se brouille, le plancher semble se dérober sous mes pieds. Puis, plus rien.

Quand je rouvre les yeux, je suis allongée sur le sol, le cœur battant à tout rompre. La lumière a changé dans la pièce, comme si le temps avait filé. Je me redresse, désorientée, et cherche mon téléphone : presque une heure s'est écoulée.

Que s'est-il passé ? Un malaise ? Un rêve éveillé ? Mais je ne me souviens de rien, seulement de cette sensation de perdre quelqu'un d'important. Était-ce encore un cauchemar, ou autre chose ?

Je passe la main sur mon visage trempé de sueur. Mon corps palpite encore, mais une certitude me glace le sang : ce n'était pas qu'un rêve. C'était un avertissement.

Je me relève difficilement, chancelante. La soirée avec Liam approche, mais au fond de moi, je sais déjà qu'il ne s'agit pas d'une simple sortie. Quelque chose d'invisible nous lie, quelque chose que ni lui ni moi ne comprenons encore, mais qui ne cesse de frapper à ma porte.

Je prends un verre de jus d'orange. J'ai sans doute eu une petite baisse de sucre ou de pression. Rien de grave, du moins, c'est ce que j'essaie de me répéter alors que mes mains tremblent et que mes jambes semblent encore fragiles. Mon enveloppe charnelle m'envoie des signaux clairs, mais je m'obstine à ne pas les écouter.

Je refuse de laisser ce malaise gâcher ce futur moment. Je ne veux surtout pas annuler la soirée avec Liam. Rien que d'y penser, une douce chaleur me traverse et un sourire étire mes lèvres, comme si mon esprit, lui, refusait d'admettre la moindre faiblesse. Peut-être que mon être réclame du repos, mais mon cœur, lui, ne bat que pour cette rencontre.

CHAPITRE 18

Liam

Ses cheveux bouclés, sa mâchoire, son nez, sa joue, qui porte une petite fossette… Mais ce qui me fascine le plus chez elle, ce sont ses yeux verts, mystérieux et désarmants. Son sourire illumine son visage. Elle est gentille, légèrement maladroite, et c'est justement ce qui fait son charme. J'en connais très peu sur elle, vu le peu de temps qu'on a passé ensemble, mais je dois dire que je me sens irrésistiblement attiré par elle. En fait, dès son arrivée au ranch, quand elle m'a pris pour un certain ami et qu'elle a posé son regard sur moi, mon cœur a fait quelques petites embardées. J'ai osé l'inviter ce soir. Est-ce que je joue avec le feu ?

Tandis que l'eau chaude coule sur ma nuque et que les gouttes roulent sur ma peau, un frisson se propage le long de mes membres. Mes terminaisons nerveuses sont en alerte. Je me souviens de la sensation de ses mains autour de moi, sur le cheval, et de sa peau qui m'a frôlé. Une soudaine érection me surprend. Ça suffit. Je ferme le robinet et sors de la douche. Mes pensées se font envahissantes. Ce n'est que du désir. Je ne dois pas me laisser emporter dans cette luxure. Il est primordial que je garde le contrôle, que je reste professionnel. Je me sens troublé, il faut absolument que je revienne sur terre.

* * *

Nous pénétrons dans le chapiteau où se déroulent les activités et le tournoi. La musique est entraînante, les spectateurs sont déjà alignés, prêts à affronter la bête en fibre de verre, tandis que d'autres dansent au rythme de la mélodie.

— Waouh ! s'exclame-t-elle. Je vais danser. Tu viens ?

— Vas-y, amuse-toi.

Solène sourit, son enthousiasme s'intensifie à mesure qu'elle se mêle aux danseurs. Elle a le sens du rythme dans la peau. Lorsqu'elle ferme les yeux pour savourer l'instant et laisse son corps se mouvoir avec la musique, je suis hypnotisé. Je ne peux m'empêcher de la dévorer des yeux. De la désirer. Elle est fascinante.

Lorsque la musique s'arrête, elle ouvre les yeux et me voit sourire. Elle me regarde avec une telle intensité que j'en oublie de respirer. Un brasier s'éveille dans le creux de mon ventre. Je ne veux rien laisser paraître. Elle est ici pour travailler, pas pour s'intéresser à un propriétaire de ranch.

— Un verre ? lui demandé-je quand elle revient vers moi.

— Oui, une bière, me répond-elle.

L'ambiance western est respectée jusqu'au moindre détail : les chopes de bière en forme de bottes de cowboy, les verres à *shooter* qui portent même un petit chapeau en guise d'ombrelle, les sous-verres imprimés de roues de charrette et de fers à cheval, et les balles de foin utilisées comme banquettes

— C'est génial ! Je n'ai jamais vu une telle ambiance, s'exclame-t-elle, enthousiaste.

Cinq minutes plus tard, nous avons nos consommations, et elle est assise sur une botte de foin. Un homme au micro annonce :

— Saurez-vous dompter la bête ?

— Alors, cowboy, comment on fait pour dompter la bête ? me demande-t-elle avec un sourire moqueur.

— Le taureau met à l'épreuve la zone d'humiliation des participants, qui croient détenir le secret pour dominer la bête, mais, au final, c'est toujours la bête qui gagne. Mais le secret…

Je m'approche de son oreille, la frôlant à peine, et lui murmure :

— Il faut danser avec le taureau, devenir un avec lui. Ensuite, il faut suivre ses soubresauts avec ton corps pour anticiper ses rotations. Presse tes genoux sur ses flancs pour te recentrer si nécessaire.

— Parfait, j'y vais alors !

— Sérieuse ?

***

Solène

Je me sens très bien comme si ce malaise n'avait jamais eu lieu. Je suis ici pour m'amuser et tisser encore des liens avec cette âme qui me rendait visite.

Je vois les autres participants se faire éjecter après quelques secondes. Au début, ça me semble facile, mais plus le taureau se déchaîne, plus je me rends compte de la difficulté.

— Prochaine participante : Solène Martin. Applaudissez-la !

Je m'installe sur la bête. J'essaie de prendre le contrôle de la situation, mais je suis totalement absorbée par le bruit de la foule qui rugit. Le ridicule ne tue pas, et je veux m'amuser. De toute façon, il est trop tard pour reculer. Le taureau se met en mouvement, et je lance un clin d'œil à Liam, qui semble terrifié.

* * *

Liam

Ce n'est pas facile de tenir sur ce taureau, mais je la trouve sensationnelle et éblouissante. Elle semble tellement à l'aise, en parfaite symbiose avec l'animal. Je suis hypnotisé par sa présence. Les spectateurs se mettent à siffler et à applaudir. Solène ne tient que quelques secondes avant d'être éjectée, atterrissant sur un tas de tapis.

* * *

Solène

Je reçois une raclée de la bête, mais je dois dire que je m'amuse comme une enfant. Je laisse échapper un rire et vais retrouver mon cavalier. Je tapote mes vêtements pour enlever la poussière, encore haletante, mais le sourire aux lèvres. Liam me tend la main pour m'aider à me relever, son regard toujours un peu inquiet.

— Ça va, Solène ? Tu ne t'es pas fait mal ?

— Non, juste à l'orgueil.

— On rentre, propose-t-il.

J'acquiesce d'un signe de tête, et nous quittons l'arène sous les derniers applaudissements. Un silence confortable s'installe entre nous pendant que nous marchons vers sa camionnette. L'air du soir est plus frais maintenant, mais ma peau est encore chaude de sa proximité. Nos pas résonnent sur le gravier, comme un écho de ce qui aurait pu se passer. Ce moment, suspendu, s'efface dans le silence.

* * *

Sur le chemin du retour, dans sa camionnette

— Alors, Liam, quelle est ton histoire avec le ranch ? demandé-je, ma voix trahissant un mélange d'appréhension et de douceur.

J'ai besoin de comprendre, de sentir un peu plus ce qu'il portait en lui.

Il détourne les yeux, les mains crispées sur le volant. Sa voix, quand elle vient, est lourde, comme chargée de douleurs enfouies :

— J'ai grandi ici. Mon père est mort deux ans après ma mère. Quand elle est partie, il s'est effondré… Il a sombré dans l'alcool. C'était sa façon à lui de faire face. Même s'ils se disputaient souvent, ils s'aimaient profondément. Ils avaient construit ce ranch avec tant d'efforts…

Je sens ma gorge se nouer, mes doigts se serrer sur le tissu de ma veste. Je veux franchir cette barrière, toucher ce cœur blessé :

— Je suis désolée… Comment est-il mort ? Une maladie ?

Un silence lourd s'installe. Il inspire lentement, ses mots semblent peser sur chaque respiration :

— Non. Il buvait pour oublier sa douleur. Une nuit, il a pris son camion, il a grillé un feu rouge… Il a percuté une voiture. La conductrice est morte sur le coup. Lui, il n'a pas survécu à l'opération. Je ne parle jamais de ça. J'ai honte.

Je baisse les yeux, touchée par cette confession qu'il peine à livrer. Mais mes poumons se bloquent, mes pensées s'emballent. Une question jaillit malgré moi, étranglée :

— Est-ce que c'était… au coin du chemin de Brume, et de la rue Principale ?

Il me regarde, surpris par la précision :

— Non, c'était à un autre endroit.

Un frisson violent m'arrache presque un sanglot. Mes doigts se crispent sur mes genoux, mes jambes tremblent. Dans ma tête, une seule image : Sabine. Sa voiture broyée, sa vie arrachée trop tôt, et moi, laissée orpheline de ma moitié. Je sens ma gorge se fermer.

Tout mon corps veut hurler et revivre ce tragique évènement. Mais une autre voix me retient. Liam ne mérite pas de se sentir coupable pour son père. Ce n'est pas son fardeau. Il est déjà consumé par sa honte et sa douleur.

Mon cœur balance entre deux abîmes : la loyauté envers Sabine, qui mérite qu'on se souvienne d'elle. Et la tendresse qui grandit pour Liam, que je ne veux pas perdre si je ne lui dis pas les bons mots.

Je ferme les yeux, mes lèvres tremblent, puis je murmure, dans un calme factice :

— Ce n'est pas facile de perdre quelqu'un de cher à notre cœur.

Le silence revient, plus épais encore.

Puis je change de sujet, comme pour nous sauver tous les deux.

— Et toi, tu as toujours voulu suivre les traces de ta famille avec ce ranch ?

Je souris, mais c'est un sourire fragile, presque tremblant. La nuit enveloppe le paysage autour de nous, et je cherche dans cette obscurité un peu de lumière :

— Oui… J'adore cet endroit. C'est un refuge. Je voulais juste partager cette paix avec d'autres.

Le ranch apparaît enfin, dans l'obscurité étoilée. Ses contours se dessinent sous un ciel nocturne profond. La lumière jaune des quelques fenêtres perce l'ombre, promesse silencieuse d'un foyer, d'un passé, d'un avenir peut-être.

Lorsque le moteur du camion s'éteint, un silence lourd s'installe entre nous. Je murmure un vague « bonne nuit », que Liam accueille d'un regard inquiet, mais je n'ai plus la force de soutenir quoi que ce soit. Je descends du véhicule, referme la portière derrière moi et m'éloigne avant que mes émotions ne débordent. Chaque pas vers le petit chalet me pèse, comme si je traversais une frontière invisible entre ce que je montre et ce que je ne peux plus contenir. Je referme doucement la porte de mon hébergement derrière moi, comme si le simple bruit d'un claquement pouvait briser le fragile équilibre que je viens de maintenir devant lui. Mes jambes fléchissent aussitôt. Je m'adosse contre le mur, incapable de tenir droite.

Je retiens ma respiration, mais quelques larmes s'échappent malgré moi. Mon corps se secoue en silence, mes mains couvrent mon visage.

Je revois son sourire, sa voix qui me disait qu'on aurait la vie devant nous. Et maintenant… elle n'est plus là.

Mon cœur se serre en pensant à Liam. Son regard hanté, sa voix tremblante quand il s'est ouvert à moi. Il ne se doute pas que son drame résonne avec le mien.

J'ai envie de hurler que mon amie me manque, mais seul un gémissement étouffé m'échappe.

Je finis par relever la tête et me ressaisir.

Liam

Elle descend de la camionnette et se dirige vers le chalet, jetant un dernier regard en ma direction avant de fermer la porte derrière elle. Je reste là un moment, dans le silence de la nuit, les mains dans les poches. Puis, comme un instinct, je fais quelques pas en direction du chalet. Je recule, puis j'avance encore. La noirceur est tombée, et je n'ai pas envie qu'elle pense qu'il y a un rôdeur dans les parages. Je m'arrête, puis, après un moment d'hésitation, je frappe à la porte. Elle l'ouvre, et je perds soudainement tous mes mots.

CHAPITRE 19

Liam

Le regard de Solène est réconfortant, et quelque chose dans ses yeux me donne confiance : une étincelle particulière qui luit, étrangement familière.

Son visage à deux pouces du mien, j'avale ma salive. Une puissante chaleur m'envahit violemment. Mon regard passe de ses yeux à sa bouche plusieurs fois, puis, sans que je sache ce que je fais, je goûte la douceur de ses lèvres.

Son odeur est enivrante, et j'ai l'impression d'être assoiffé, comme si je n'avais pas bu d'eau pendant plusieurs années. Ma peau se couvre de frissons. Je n'arrive plus à penser. Mon cœur bat vite, trop vite. J'ai envie de la goûter, de la toucher. Et d'un coup, je m'arrête.

— Désolé !

Je sens encore mon pouls dans mes veines. J'essaie de comprendre ce qui vient de se passer. Je n'ai jamais ressenti auparavant aucune pulsion, et là, bang ! Je me lance sur cette femme. Je porte mes doigts à mes lèvres, sentant encore de petites vagues, les vestiges de ses lèvres. Je dois ressentir toute cette culpabilité.

— Ne sois pas désolé, me répond-elle le regard brillant.

Tout semble exploser en un bouquet de couleurs et de sensations. Ses mains se posent sur ma joue, puis ses lèvres viennent rencontrer les miennes. En un éclair, elle prend possession de ma bouche. On s'embrasse avec une intensité troublante, comme si notre vie en dépendait. Je brûle d'envie pour elle. Mon corps se presse contre le sien, et sa chaleur me traverse comme une vague douce. Nos lèvres se cherchent, se trouvent, se goûtent. Sa langue a la saveur d'une éternité suspendue.

Comment un simple baiser peut-il être aussi puissant ?

Chaque contact, chaque frôlement de sa bouche fait éclore en moi une nuée de papillons.

Je laisse mes lèvres descendre le long de son cou, de ses épaules, de sa poitrine. Sa peau frissonne sous mes baisers, et chaque soupir qu'elle laisse échapper attise davantage mon désir. Nos vêtements tombent un à un, comme des promesses que l'on défait.

Je m'attarde sur elle, l'explore avec une lenteur presque religieuse. Son corps m'accueille, réceptif, vibrant. Elle me caresse à son tour, nos respirations se mêlent, nos gestes s'accordent sans qu'aucun mot ne soit nécessaire.

Quand je m'avance enfin en elle, tout devient silence. Un silence chargé d'un feu qui nous consume. Nos mouvements se fondent, lents d'abord, puis plus pressants. Ses jambes s'enroulent autour de ma taille, ses doigts glissent sur ma nuque, et nos lèvres se retrouvent à nouveau, affamées.

C'est doux, c'est chaud. C'est une déflagration.

Nos regards restent accrochés, hypnotisés l'un par l'autre.

Chaque gémissement, chaque souffle devient un écho de l'autre.

Quand le plaisir nous submerge, tout explose, nos corps, nos cœurs, nos sens.

Puis vient le calme. Nous restons enlacés, encore haletants.

Tout semble parfait, évident.

Je n'ai jamais ressenti une telle compatibilité, comme si nos corps avaient été sculptés l'un pour l'autre, séparés trop longtemps avant de se retrouver.

Je suis déstabilisé.

Je la connais à peine, et pourtant, j'ai l'impression de la connaître depuis toujours.

Je réalise ce que je viens de faire. J'ai succombé à cette forte attraction. C'était puissant.

* * *

Réveillé par la lumière du jour, j'aperçois Solène, blottie contre moi. Je cligne des yeux plusieurs fois pour m'assurer que c'est bien réel. Je n'ai pas rêvé, j'ai passé la nuit avec elle. Des images de notre partie de jambes en l'air me reviennent en mémoire. Nos corps en sueur qui s'unissent, le mélange de nos voix jusqu'à ne plus différencier ses gémissements des miens. Cette sensation divine d'être en elle.

Je soulève les draps, comme si j'avais besoin d'une preuve de ce qui s'est passé la nuit dernière. Elle est nue. À la simple vue de son corps, mon membre s'active. Je n'ai jamais ressenti une telle connexion pendant l'acte. Avec elle, je me suis senti comme en transe. Ma main suit la courbe de son dos, effleurant chaque vertèbre avec tendresse. Je continue, encore et encore, jusqu'à sentir un frémissement : elle s'éveille sous mes doigts. Elle ouvre les yeux, s'incline lentement pour m'embrasser. Un sourire se dessine sur ses lèvres.

— C'est plutôt agréable de te voir dans le lit ce matin, me murmure-t-elle d'une voix suave. Tu veux bien rester un moment, me dit-elle en passant une jambe de chaque côté de mes hanches.

— Ah oui ? Tu ne veux pas savoir toutes les idées qui me traversent l'esprit si je reste ?

— Dis-moi.

D'un coup de bassin, je la fais rouler sur le dos en m'attaquant à ses lèvres et, d'une main, je la caresse entre les cuisses. Un soupir lui échappe et sa tête oscille en suivant le rythme. Je l'embrasse, j'enfile un préservatif et m'introduis en elle. Nos corps se lovent jusqu'à l'extase dans les flammes de notre jouissance.

CHAPITRE 20

Solène

L'attraction entre nous devient irrésistible, elle nous submerge.

Je la lis dans son regard avant même qu'il ne m'embrasse. Ses lèvres cueillent les miennes avec cette douceur que j'attendais depuis toujours. Le baiser s'intensifie, gagne en ardeur, et tout en moi vibre à l'unisson.

Nos vêtements glissent au sol dans un silence fiévreux. Sa bouche explore mon corps, suit la courbe de mes seins, descend le long de mon ventre jusqu'à la naissance de mes cuisses. Chaque contact est une promesse, chaque souffle, un vertige.

Quand nos corps se rejoignent enfin, tout devient évidence.

Nos mouvements se répondent avec une harmonie instinctive, comme si deux âmes s'étaient reconnues.

À cet instant, je lui appartiens, entière, corps et âme.

Je l'aime. Et c'est tout sauf rationnel.

Je ne le connais pas, pourtant j'ai l'impression de l'avoir toujours connu.

Après cette nuit brûlante, et ce matin, où il m'a littéralement fait perdre la tête, tout me semble évident.

Nos lèvres se cherchent à nouveau. Sa langue se mêle à la mienne dans un baiser incandescent. Lorsqu'il glisse ses doigts sous ma culotte, un frisson me traverse. Dès qu'il effleure ce point précis, ma tête bascule en arrière, emportée par la vague. Son regard noisette brille d'un désir brut, presque tendre.

Ses lèvres suivent la ligne de mon cou, de ma poitrine, s'attardent, explorent. Son souffle brûlant fait naître mille étincelles sous ma peau. Il me goûte, me découvre, me consume. Ses gestes sont précis, instinctifs, comme s'il connaissait déjà chacun de mes battements.

Le feu se répand en moi, incontrôlable.

Quand il me prend enfin, je me perds en lui, en nous. Tout s'efface, les doutes, les voix, le monde autour.

Il n'y a plus que cette évidence : nos corps, nos souffles, et la certitude d'exister enfin, ensemble.

* * *

Liam

Ça ne fait que quelques jours qu'elle est entrée dans ma vie. Au début, je pensais que ce serait quelque chose de passager, une simple attirance de surface. Mais, rapidement, j'ai commencé à en douter. À douter de ce que je croyais savoir sur moi, sur le contrôle que j'ai toujours eu sur mes émotions. Je vais devoir en parler à madame Elder. Heureusement, j'ai un rendez-vous demain.

Pour la première fois, je ne contrôle plus rien. Cette attraction me dépasse. Elle est partout, tout le temps. Je pense à elle dès que j'ouvre les yeux le matin, pendant que je travaille, sous la douche… même quand je suis assis sur la cuvette. Ça en devient presque ridicule, mais c'est plus fort que moi.

Je veux être avec elle. Juste… être là, à ses côtés, sans raison particulière. Passer du temps avec elle, apprendre à la connaître, la voir sourire, l'écouter parler de tout et de rien. Il y a quelque chose chez elle, une lumière, une douceur qui m'apaise et me bouscule à la fois. Et je n'arrive pas encore à mettre le doigt sur ce que c'est exactement, mais je sais que c'est puissant. Et que je suis foutu.

— Ça te dirait, une balade ? dis-je en m'approchant d'elle.

Elle hoche la tête avec ce petit sourire espiègle qui me fait fondre. On s'habille vite, sans se presser, et on sort du chalet sous un ciel lumineux.

On descend vers le village, où la vie commence à battre son rythme familier. Le marché s'anime, empli de couleurs vives et d'odeurs gourmandes. Des étals de fruits mûrs, de pains croustillants, de confitures maison éveillent tous mes sens.

Je la regarde goûter un morceau de fromage en riant, ses yeux pétillants de plaisir simple. Je choisis une confiture aux fruits rouges, que je lui tends avec un geste maladroit, mais sincère. Elle me remercie avec un regard qui fait battre mon cœur plus fort.

Plus loin, je repère un banc isolé sous un vieux chêne. On s'y installe, le soleil filtrant à travers les feuilles crée un jeu d'ombres délicat sur nos visages. Nos épaules se touchent, de légers frôlements qui enflamment mes sens.

Je parle doucement, lui racontant des souvenirs d'enfance, des moments où j'étais perdu et où je me sentais seul. Elle m'écoute, attentive, son regard posé sur moi comme un refuge. Sa présence me rassure et m'encourage à dévoiler une part de moi que je révèle rarement.

Le temps semble suspendu. On ne parle plus, juste nos mains qui s'effleurent, nos souffles qui se mêlent, et cette promesse muette d'un avenir partagé.

Je sens son cœur battre contre le mien, et je sais que tout ce que je désire, c'est rester là, avec elle, dans cette bulle d'intimité fragile, mais réelle.

CHAPITRE 21

Liam

Le bureau de la psychologue est baigné d'une lumière tamisée. Une odeur de tisane flotte dans l'air. Je m'assois, un peu crispé, les mains jointes sur mes genoux. Elle me regarde avec ce calme désarmant, celui qui finit toujours par me faire parler.

— Vous semblez préoccupé aujourd'hui, dit-elle doucement.

Je hoche la tête, incapable de trouver les bons mots.

— Il y a quelque chose que je n'arrive pas à mettre au clair. Deux femmes, deux histoires. Et entre les deux, moi, incapable de faire la part des choses.

Son silence m'invite à continuer.

— Geneviève, d'abord. J'ai cru qu'elle était la bonne. J'ai fait des promesses que je n'étais pas prêt à tenir du tout. Sur le moment, dans le feu de l'action, ça me paraissait juste. Je voulais être cet homme dont elle avait besoin. Mais aujourd'hui, je me rends compte que ce n'est pas du tout ce que je veux.

Je sens ma gorge se serrer.

— Et puis, il y a Solène. Avec elle, c'est… différent. C'est elle qui m'a réveillé, qui m'a obligé à sentir à nouveau. Je culpabilise. J'ai peur pour Geneviève, de la blesser davantage.

La psychologue m'observe, penchée légèrement vers moi.

— Vous confondez loyauté et culpabilité, Liam. Vous avez voulu sauver quelqu'un, mais vous vous êtes oublié dans le processus.

Je baisse les yeux.

— Alors, comment rompre cette promesse sans la blesser ?

— Non. Vous devriez comprendre ce qu'elle signifie. Était-ce vraiment une promesse, ou un moyen d'expier quelque chose ?

Je reste silencieux un moment, cherchant la réponse.

— Peut-être les deux. J'ai voulu compenser mes erreurs passées, me prouver que je pouvais encore être quelqu'un de bien.

— Être quelqu'un de bien ne veut pas dire tout porter, répond-elle. Geneviève fait partie de votre histoire, mais elle ne définit pas votre avenir.

Ses mots résonnent en moi. Comme un écho que je refusais d'entendre.

— Et Solène ? dis-je après un long silence. Qu'est-ce que je fais avec ce que je ressens pour elle ?

— Vous l'aimez ?

— Oui. Mais ça me fait peur.

— C'est bon signe, murmure-t-elle. Ça veut dire que c'est réel. Solène ne vous demande pas d'être un sauveur. Elle veut juste que vous soyez vrai. Si vous pouvez lui offrir ça, le reste suivra.

Je ferme les yeux un instant. Le poids que je portais depuis quelques jours semble se relâcher, un peu.

Je ne sais pas encore comment m'y prendre, mais, pour la première fois, je me dis que peut-être… Que je peux cesser de me battre contre ce que je ressens.

— On va faire un petit exercice. Fermez les yeux, me dit-elle doucement. Je veux que vous visualisiez deux chemins devant vous.

Je m'exécute. Le silence du bureau s'épaissit, se fait presque tangible. Sa voix m'accompagne, calme, posée.

— Sur le premier chemin, il y a Geneviève. Ce sentier vous est familier. Vous y avez marché longtemps, parfois en trébuchant, parfois avec tendresse. Regardez bien autour de vous. Que voyez-vous ?

Je respire lentement.

— C'est… lourd. Comme un paysage d'hiver. Figé. Il y a de la beauté, oui, mais aussi quelque chose d'épuisé. Tout est gris, sans relief.

— Et vous, que faites-vous sur ce chemin ?

— J'essaie d'avancer, mais chaque pas s'enfonce dans la neige. J'ai froid. Et pourtant, je continue.

— Pourquoi ?

Je reste silencieux. Des larmes me montent aux yeux.

— Parce que j'ai peur de la laisser derrière moi.

Elle hoche doucement la tête.

— Maintenant, regardez l'autre chemin. Celui de Solène.

Je sens quelque chose changer en moi. L'air se réchauffe.

— C'est une lumière douce, dorée. Rien n'est défini, mais tout respire. J'entends le vent, les oiseaux, la vie. Et je marche… sans effort.

— Comment vous sentez-vous ?

— Léger. Libre.

Un silence. Puis elle murmure :

— Peut-être que la paix ne se trouve pas dans le choix d'un chemin, mais dans l'acceptation de quitter celui qui ne vous appartient plus.

Ses mots me traversent comme une onde. Je rouvre les yeux lentement. Le monde semble un peu plus clair, un peu plus vrai.

Je souris faiblement.

— Vous croyez qu'on peut aimer deux personnes à la fois ?

— Non, dit-elle doucement. On peut aimer une personne et rester attaché à une autre. L'attachement, c'est la peur. L'amour, c'est la liberté.

Je reste là, immobile, à laisser cette phrase s'imprimer en moi. Peut-être que tout commence là : dans le courage d'aimer sans sauver, et de partir sans fuir.

— Très bien, dit-elle d'une voix douce. C'est tout le temps que nous avions pour aujourd'hui. Nous reprendrons d'ici lors de notre prochaine rencontre. J'espère que la séance vous a éclairé.

Je hoche la tête, encore enveloppé dans une sorte de brume intérieure. Un calme fragile, comme après une tempête. Je me lève, la remercie, puis me dirige vers la porte.

Mais, au moment où ma main effleure la poignée, une image m'assaille.

Un flash.

Solène et moi, assis sur un lit, riant aux éclats. La lumière est chaude, dorée, presque irréelle. Ses cheveux tombent sur ses épaules, et je sens la douceur du moment jusque dans ma poitrine.

Je ne reconnais pas l'endroit. Ni la pièce ni le décor.

Je cligne des yeux, secoué. Tout s'efface aussi vite que c'est venu. Étrange.

Je suis un instant figé, le cœur battant, incapable de savoir si c'était un souvenir ou une prémonition.

Peu importe, tout ce que je veux, c'est être avec Solène et la rejoindre.

Solène

L'eau de la baignoire coule, mes vêtements tombent sur le sol. Je me plonge dans l'eau chaude. J'ai hâte que mon cowboy me rejoigne pour une soirée sous les étoiles. Je repense à nos moments, à ce marché animé où chaque instant semblait simple, mais chargé de cette magie nouvelle entre nous.

Et voilà que Liam surgit dans l'embrasure de la porte, un sourire en coin illuminant son visage.

— Je te rejoins ?

Je lui fais signe d'approcher.

Liam se dévêt lentement, laissant glisser ses vêtements jusqu'à ne garder que la vérité nue de son corps. Sous la lumière tamisée, sa peau semble vibrer d'un éclat chaud. Il me rejoint dans l'eau, se glisse derrière moi, et encadre mes hanches de ses jambes. Sa chaleur se mêle à la mienne, son souffle à mon souffle.

Il attrape le pain de savon, le fait mousser entre ses mains avant de le passer sur mes épaules, mon dos, dans des gestes lents, presque révérencieux. Le savon glisse, ses doigts suivent, explorent. Lorsqu'il le dépose sur le rebord, ses mains reviennent à mes trapèzes qu'il masse, puis descendent, plus bas, jusqu'à mes seins qu'il effleure avec une douceur qui me désarme.

Le désir monte, sourd, brûlant. Ma tête se renverse contre son torse, je ferme les yeux, happée par le contact de ses paumes contre ma peau humide. Son sexe se durcit contre mes reins, promesse muette d'un plaisir imminent.

Dans un élan instinctif, je me retourne légèrement et saisis son membre, mes doigts l'enserrant avec lenteur. Un gémissement m'échappe, étouffé entre mes lèvres mordues. Liam retient ma main, la guide vers ma cuisse. Sa paume suit la courbe de ma peau, remonte jusqu'à mon aine, s'y attarde, puis s'aventure entre mes jambes.

Quand ses doigts trouvent mon clitoris, un frisson me traverse. Tout se met à vibrer, l'eau, ma peau, mon souffle.

— Oh… que c'est bon… soufflé-je, haletante, perdue entre ses caresses et le battement affolé de mon cœur.

Mon corps tout entier s'éveille à ses caresses. Ses doigts dessinent des cercles précis sur mon clitoris, puis s'aventurent plus loin, glissant en moi avec une lenteur étudiée. Chaque mouvement, chaque pression, réveille une vague de plaisir qui m'échappe en soupirs brisés. Ma respiration se fait saccadée, tandis que ses doigts poursuivent leur danse. Je ne pense plus, je ne résiste plus. Je me laisse aller, bercée par le rythme qu'il m'impose, par la chaleur qui monte et me consume.

Lorsque nos regards se croisent, un accord muet passe entre nous. Nous sortons de la baignoire, nos corps encore ruisselants, enveloppés à la hâte dans des serviettes qui, bientôt, tombent en silence sur le sol de la chambre.

Liam m'attire contre lui. Ses lèvres explorent ma peau, remontent lentement le long de mon ventre, s'attardent sur mes seins, puis sur ma gorge. Chaque baiser est une brûlure douce, un serment silencieux. Quand il relève enfin la tête, nos regards se nouent, et tout le reste disparaît.

Je sens son corps se presser contre le mien. Il me pénètre avec une lenteur presque solennelle, jusqu'à ce que nos souffles s'accordent. La fusion de nos chairs m'arrache un gémissement. C'est chaud, fort, envoûtant. Nos mouvements se mêlent, s'accélèrent, deviennent une seule et même pulsation.

Puis vient le calme. L'abandon.

Nous restons enlacés, encore haletants, bercés par la moiteur du soir. Je sens son cœur battre contre ma poitrine. La soirée sous les étoiles attendra. Pour l'instant, il n'existe que nous.

Un grincement strident survient. Des cris d'affolement se font entendre. Je ne comprends pas ce qui se passe. Je semble chercher quelqu'un. Ma vue s'embrouille. Le goût métallique du sang remplit ma bouche. J'ai de la difficulté à respirer.

Je m'éveille subitement de ce cauchemar avec la sensation qu'un drame terrible pourrait survenir. Je m'allonge contre Liam, qui passe son bras autour de moi. Je me sens bien près de lui et je m'abandonne au sommeil, enveloppée de sa sécurité, calmant ainsi l'angoisse qui m'habite sans lui révéler ce maudit rêve.

CHAPITRE 22

Solène

Ce soir, nous reprenons notre sortie nocturne ratée de la veille. Liam selle les chevaux, et nous partons vers le sommet de la montagne, là où le ciel s'ouvre dans toute sa splendeur.

Arrivés en haut, nous descendons de nos montures. Je dois dire que je me sens de plus en plus à l'aise en selle, et cette aisance me procure un sentiment de liberté grisant.

— J'adore cet endroit… J'ai l'impression que tout devient possible ici.

— J'avoue que c'est un véritable havre de paix, approuve Liam dans un souffle.

Nous sommes allongés sur une couverture, tête contre tête, les yeux levés vers le firmament guettant les étoiles filantes. C'est indescriptible. Un moment suspendu dans le temps. Un instant si puissant qu'il semble avoir été orchestré par le destin lui-même.

— Regarde, dit Liam en levant la tête. Chaque nuit claire, les étoiles brillent par milliers.

— On dirait des joyaux, soufflé-je, fascinée. Des éclats de lumière posés sur un velours noir.

— Le velours du ciel profond, murmure-t-il avec un sourire.

Il pointe du doigt l'horizon.

— Tu vois ces dessins formés par les plus brillantes ? Ce sont des constellations. Elles nous aident à nous orienter, un peu comme une carte dans le ciel.

— C'est fou… elles semblent immobiles, et pourtant tout bouge, dis-je doucement.

Une lueur traverse soudain la nuit, laissant une traînée argentée derrière elle.

— Une étoile filante ! m'exclamé-je.

— En réalité, ce n'est pas une étoile, corrige-t-il tendrement. Ce sont de petits morceaux de roche qui brûlent en entrant dans l'atmosphère.

— Peu importe, dis-je en riant. Tant qu'elles continuent à exaucer les vœux, je m'en contente.

— Alors, fais-en un, murmure-t-il.

Je ferme les yeux, je sens le vent frais sur ma peau.

— C'est déjà fait.

Un évènement exceptionnel vient soudain troubler le ciel : une tempête solaire. Les éjections de particules de l'éruption solaire déclenchent une danse envoûtante dans l'atmosphère. Le ciel s'illumine de vagues vertes, oscillant entre rapidité fébrile et lenteur hypnotique. On dirait une symphonie céleste.

La main de Liam vient se poser doucement sur ma joue, et nos lèvres se trouvent. Un baiser tendre, chargé de promesses. Mes bras s'enroulent autour de ses épaules, et, lorsqu'il détache ses lèvres des miennes pour plonger son regard dans le mien, je sens mon cœur battre plus fort.

Sous ce ciel magnifique, nous nous dévêtons l'un l'autre avec douceur, comme deux êtres guidés par une évidence.

Face au spectacle céleste, il reste un instant immobile en moi, m'embrassant avec une intensité qui me fait frissonner de la tête aux pieds. Nous sommes deux astres en collision, emportés par une tempête cosmique.

Nos respirations se mêlent, alors que nos corps s'apaisent sous le ciel redevenu silencieux. Liam reste blotti contre moi, sa main glissant doucement le long de mon bras, comme pour prolonger la tendresse après nos instants partagés. J'ai la tête posée sur son torse, bercée par les battements réguliers de son cœur.

Aucun mot n'est nécessaire. Le silence nous enveloppe avec délicatesse, comme une couverture chaude. Le vent léger caresse nos peaux nues et nous rappelle doucement que la nuit avance.

— On devrait y aller avant que les chevaux s'impatientent, murmure Liam d'une voix basse, presque rêveuse.

Je hoche la tête, incapable de parler tant je suis encore habitée par l'instant. Il m'aide à me rhabiller sans brusquerie, toujours attentif, toujours doux. Je lui souris, les joues encore rosies, le cœur léger.

Sur le chemin du retour, nous chevauchons côte à côte, sans précipitation. Le ciel est plus sombre maintenant, mais l'éclat de ce que nous venons de vivre semble flotter autour de nous, comme une lueur invisible.

Arrivée devant chez moi, je descends de cheval et pose un regard vers Liam. Il n'a rien dit, et moi non plus. Mais tout a été dit, autrement.

— Merci pour cette soirée, soufflé-je, émue.

— C'est moi qui te remercie, murmure-t-il en me frôlant la main du bout des doigts.

Nos regards se croisent, un dernier battement suspendu. Puis je rentre, le cœur empli d'une douce chaleur.

Cette nuit m'a changée. Il y a des instants qui ne s'expliquent pas. Ils se vivent. Et ils se gravent.

CHAPITRE 23

Solène

Ce fut une semaine fantastique. Une semaine hors du temps, maintenue dans une parenthèse douce et lumineuse. Chaque fois que je me retrouve près de Liam, un besoin irrépressible me pousse à l'effleurer, ne serait-ce que du bout des doigts, juste assez pour ressentir ce frisson électrique qui me parcourt la nuque. C'est comme si une allumette se craquait dans l'obscurité à chaque contact, déclenchant une flamme vive et réconfortante au creux de ma poitrine. Un feu doux, mais inextinguible.

Il suffit d'un regard, d'un souffle partagé pour que tout en moi vacille. Quand nos lèvres se trouvent, c'est comme si l'univers retenait son souffle. Comme si, dans ce baiser, se dévoilait une vérité ancienne, oubliée, mais profondément familière. C'est plus que de l'attirance. C'est plus que du désir. C'est la reconnaissance silencieuse de deux âmes qui se sont cherchées à travers les âges et qui, enfin, se retrouvent.

Ce lien, je le ressens dans chaque fibre de mon être. Il dépasse les frontières du tangible, échappe à toute logique. Il est ailleurs. Plus loin. Il est dans le regard qu'il pose sur moi, dans le silence qu'il respecte, dans l'écoute qu'il m'offre. C'est un appel entre âmes. Un chant silencieux que seuls nos cœurs semblent pouvoir entendre.

Je repense à ce moment où Liam m'a encouragée à galoper pour la première fois. Jusque-là, je m'étais toujours contentée du pas ou du trot. C'était confortable, rassurant. Mais il y a deux jours, alors que nous longions les collines dorées par le soleil couchant, il m'avait lancé un regard malicieux, presque enfantin.

— Tu veux voler un peu ?

J'avais ri, croyant à une blague. Il avait alors caressé l'encolure de son cheval et, tout en douceur, était parti au galop, se retournant pour m'inciter à le suivre. Mon cœur tambourinait dans ma poitrine, entre peur et excitation. Et puis, j'avais serré les rênes, pris une inspiration tremblante… et je m'étais lancée.

Le vent avait tout emporté. Mes doutes, mes craintes, même mes pensées. Il ne restait que la vitesse, la lumière sur ma peau, le bruit sourd des sabots frappant la terre. C'était grisant. Une ivresse pure. Je me sentais libre, vivante. Quand j'ai ralenti près de lui, haletante et éblouie, il m'a tendu la main et m'a attirée contre lui.

— Tu vois ? Tu voles.

Il n'y a ni peur ni retenue, seulement cette sensation d'être à ma place, entière, accueillie. Dans ses bras, je ne doute plus de rien. Je ne fuis plus. J'existe. Entièrement. Intensément. Amoureusement.

Pourtant, au milieu de cette évidence, une pensée familière me traverse l'esprit, douce et lourde à la fois. Celle de celle qui m'a toujours soutenue, aimée, guidée. Ma mère. J'éprouve soudain le besoin de lui parler, de partager avec lui ce tournant dans ma vie.

Au retour dans ma chambre, j'attrape mon téléphone, les doigts tremblants d'émotion.

— Allô, maman ? J'ai fini le reportage sur le ranch… et j'ai rencontré quelqu'un.

Un silence. Puis :

— Quelqu'un… comment ça ?

Je prends une profonde inspiration, cherchant les mots justes.

— Je crois que c'est lui. Tu sais… mon âme sœur.

Un soupir, long et lourd, traverse la ligne. Elle semble porter un poids invisible.

— Tu parles encore de ça…

Je fronce les sourcils, blessée sans vraiment comprendre.

— Qu'est-ce que tu veux dire ?

Elle reprend, avec cette tendresse mêlée de tristesse qui la caractérise :

— Tu ne te souviens pas ? Tu avais cinq ans. Tu étais montée dans le grand arbre derrière la maison. Tu disais que si tu grimpais assez haut, ton amoureux te verrait depuis le ciel.

Je ferme les yeux, le souvenir me revient, doux et cruel à la fois.

— Vaguement… Je me rappelle surtout que je suis tombée.

— Tu t'es cassé la jambe. Tu as eu une chirurgie. Tu as boité tout l'été. On a eu si peur !

Je sens sa voix s'adoucir encore davantage, comme si elle voulait me protéger d'un chagrin que je ne vois pas.

— C'était mignon, au début. Mais, en grandissant… J'ai espéré que tu laisserais un peu tomber cette idée. J'aurais préféré te voir tomber amoureuse pour de vrai. D'un homme réel. Peu importe qui il est. Tant qu'il est là, présent.

Un silence s'installe, lourd, chargé de tout ce qui n'a pas été dit. Puis je murmure, sincère et vulnérable :

— Je comprends, maman. C'est juste que… avec lui, c'est différent. Je n'ai jamais ressenti ça avant.

Elle soupire à nouveau, comme pour chasser ses propres doutes.

— Fais attention à toi, ma chérie.

— Je vais le revoir avant de repartir. On s'est donné rendez-vous à la foire.

— D'accord. Tu me raconteras.

Je sens l'affection derrière ses mots, même si elle reste prudente.

— Promis. Dis bonjour à papa.

Je raccroche, le cœur lourd et léger à la fois. Un mélange d'espoir, de peur, de désir. Cette conversation m'a ouvert une porte. Je sais que rien ne sera simple, mais je veux croire à cette flamme qui brûle en moi. Ce lien, cette alchimie, c'est plus qu'une passion fugace. C'est mon âme sœur.

Je raccroche, le cœur un peu serré. Je ne veux pas que cette histoire s'arrête. Depuis qu'il est entré dans ma vie, tout est plus vivant, plus clair. Il faut que je lui parle. Que je lui dise ce que je ressens. Parce que je le sais, au fond de moi : un lien comme celui-là, c'est rare. Peut-être même unique.

Je reste un moment immobile, le téléphone encore chaud dans la main, le silence de la pièce m'enveloppant doucement. Mon cœur bat fort, mêlé d'un tourbillon de sentiments contradictoires. Une part de moi a besoin de cette approbation, de ce signe que je ne suis pas seule dans ce chemin que je trace. Mais une autre part redoute ce regard protecteur et inquiet, cette peur qu'on ne comprenne pas vraiment ce que je ressens.

Autour de moi, la lumière douce du soleil filtre à travers les volets entrouverts, dessinant des motifs apaisants sur le mur. J'inspire profondément, sentant ce calme fragile s'insinuer en moi.

Je sens l'écho de sa voix dans ma tête, ses mots lourds d'expérience et de tendresse mêlées. « Fais attention à toi… » Une phrase simple, mais qui pèse comme une invitation à la prudence, à la retenue. Pourtant, comment retenir ce feu qui brûle en moi ? Comment ignorer ce souffle nouveau qui emplit mes poumons d'espoir et de vie ?

Mes doigts serrent doucement le téléphone, comme pour retenir un peu de cette chaleur qui me relie à elle, à ce lien familier et rassurant. Je ferme les yeux, laissant monter en moi une vague de gratitude mêlée d'incertitude. Le silence de la pièce devient une bulle protectrice, un refuge où je peux laisser libre cours à mes émotions.

Je sais que le chemin sera semé d'embûches, d'incompréhensions, peut-être même de douleur. Mais je ne peux plus fuir. Ce lien qui m'unit à Liam est une évidence, une lumière dans l'obscurité. Je me surprends à sourire, un sourire doux, presque naïf, mais sincère.

Je termine ma valise à la hâte, le cœur léger, impatiente de retrouver mon cowboy. Chaque geste que je fais est porté par l'excitation de le revoir, de sentir à nouveau son regard sur moi, son sourire, sa présence rassurante. Mais en sortant du chalet, tout mon univers bascule.

Face à moi, Geneviève s'avance, radieuse, presque en gambadant, un large sourire accroché aux lèvres.

— Bonjour, Geneviève, dis-je en tentant de garder une voix posée.

— Ah ! Solène, c'est le grand départ à ce que je vois, lance-t-elle, ses yeux brillants d'un éclat qui me met déjà mal à l'aise.

— Oui… j'ai passé une magnifique semaine, murmuré-je, la gorge un peu serrée.

Elle regarde autour d'elle avec satisfaction.

— C’est vrai que c’est beau ici. Dis-moi… Liam est-il proche ?

— Euh, oui, il est…

Je n’ai même pas le temps de terminer ma phrase qu’elle me coupe, son excitation débordante.

— J’ai une grande nouvelle pour lui ! J’ai tellement hâte qu’on se marie. Je suis venue planifier avec lui.

Mes jambes fléchissent presque sous moi. Mes oreilles bourdonnent, mais je tente de me raccrocher à l’air que je respire, comme si chaque inspiration m’empêchait de sombrer.

— Vous allez… vous marier ? balbutié-je, ma voix plus basse qu’un souffle.

— Oui, nous sommes fiancés. Avant que je parte pour ma formation, il m’a fait cette belle promesse.

Ses mots m’atteignent comme une gifle glaciale. J’ai l’impression que mon cœur vient d’être arraché de ma poitrine. Tout ce que je croyais, tout ce que j’espérais, s’écroule dans un fracas assourdissant. Je me retiens de m’effondrer, de hurler ma douleur. Je m’accroche à un mince fil de dignité, étirant un faux sourire qui me brûle les lèvres.

— Je… vous souhaite beaucoup de bonheur, parviens-je à articuler, chaque mot m’écorchant la gorge.

— Merci, Solène. Tu es vraiment gentille. Contente de t’avoir connue. Et tu reviens quand tu veux, je suis certaine que Liam sera du même avis que moi.

Je hoche la tête, incapable de répondre davantage. Mon cœur se brise en silence, tandis que son sourire triomphant reste suspendu dans l’air comme une lame enfoncée un peu plus profondément.

Je regarde Geneviève s’éloigner en direction de l’écurie, son pas léger. Mon souffle se bloque dans ma poitrine, comme si l'air m'échappait. Une lourdeur m'écrase, je peine à respirer. Mes doigts tremblants se posent sur la poignée de la voiture.

Un instant, mon regard se tourne vers l'écurie, luttant entre deux désirs contraires : espérer apercevoir le visage de Liam et, en même temps, redouter ce moment plus que tout. C'est étrange, comme si je voulais à la fois une confirmation et une fuite, comme si mon cœur se déchirait en deux directions opposées.

Je finis par m'asseoir derrière le volant, vidée, les épaules lourdes. Mes mains se crispent sur le cuir froid, serrant le volant à m'en faire blanchir les jointures. La voiture devient un refuge fragile, un cocon où je tente de contenir les sanglots qui montent. Le silence autour de moi est assourdissant, et la seule chose qui résonne encore, ce sont les mots de Geneviève qui me frappent comme une tempête.

CHAPITRE 24

Liam

Je suis là, étalant la paille dans un box, les images de Solène défilant dans mon esprit comme un feu ardent. Je la vois nue, les gouttes d'eau glissant sur sa peau, attisant ce désir qui me brûle de l'intérieur. Parfois, je me surprends à m'imaginer la prendre ici même, sur une balle de foin, dans cette écurie obscure et silencieuse.

Un bruit de pas derrière moi me sort brusquement de ma rêverie. Je me redresse, le cœur battant.

— Solène ? dis-je avec espoir.

Une voix familière, mais différente, répond doucement :

— Non, c'est moi, mon précieux fiancé.

Je cligne des yeux, surpris. Devant moi se tient Geneviève, son regard calme et posé, une légère chaleur dans la voix. Elle était censée revenir de sa formation à l'extérieur après l'ouverture de la foire.

— J'ai croisé Solène tout à l'heure. Je lui ai parlé de notre mariage. Elle nous souhaite beaucoup de bonheur. Elle a aussi décidé de quitter le ranch…

Je reste figé, les yeux écarquillés, un froid glacial qui remonte de mon estomac jusqu'à ma gorge. Mon cœur s'emballe, et je veux courir rejoindre Solène et lui dire tout ce que je n'ai jamais su formuler. Mais avant que je puisse bouger, Geneviève s'approche. Puis, ses lèvres rencontrent les miennes. Ce n'est pas elle que je veux.

— Je suis tellement heureuse, Liam !

Un tourbillon d'émotions me submerge : regret, désir, confusion. Comment ai-je pu être si aveugle, si idiot ? Une tempête intérieure fait rage, trop forte pour que je l'ignore. Je sens que je ne peux pas laisser partir Solène, pas maintenant.

Geneviève me regarde, les yeux écarquillés, l'incrédulité peinte sur son visage comme si je venais de basculer dans la folie. Alors que je fais un pas pour sortir de l'écurie, sa voix me transperce, aiguë, vibrante d'une urgence inattendue :

— Tu vas être papa !

Je m'arrête net. Une onde de choc me frappe en plein ventre, me cloue sur place. Les mots résonnent dans l'air lourd de foin et de poussière. Papa ?

Je me retourne lentement. Elle sourit, radieuse, comme si elle venait de m'annoncer la meilleure nouvelle du monde. Pourtant, tout ce que je ressens, c'est un vide grandissant.

— Tu es… Tu attends un… bredouillé-je, incapable de formuler une phrase complète.

Elle rit doucement, une main sur son ventre encore plat.

— Oh, mon amour, pas encore. Mais je suis en pleine ovulation. Tu sais, on pourrait commencer maintenant. Ou juste après le mariage. Je me suis dit que, comme ça peut prendre du temps, autant essayer tout de suite…

Un frisson glacé me parcourt l'échine. Tout se brouille. Mon cœur cogne contre ma poitrine.

— Tu veux dire que… tu n'es pas enceinte ? répété-je, incrédule. C'est ce que tu viens de me dire ?

— Non… pas encore. Mais c'est une belle idée, non ? On va fonder une famille, toi et moi…

Je recule d'un pas, le souffle court.

— Geneviève… On n'a jamais parlé d'enfants. Et pour le mariage… je ne peux pas. Je suis désolé. Nous deux, c'est terminé.

— Quoi ? Liam ! Et toutes tes promesses ? Et tout ce qu'on a construit ?

Je secoue la tête, la gorge nouée.

— Je suis désolé… vraiment. Mais je dois y aller.

Je tourne les talons, le cœur au bord de l'explosion, et je cours vers mon camion. Il n'y a plus de place pour les hésitations. Un seul but m'habite : retrouver Solène avant qu'il ne soit trop tard.

* * *

Solène

Je claque la portière de ma voiture et fonce à toute allure. Pourquoi m'a-t-il menti ? Je me suis terriblement trompée sur Liam. J'avais eu un doute sur la nature de sa relation avec la professeure de danse country, mais je n'aurais jamais imaginé que c'était à ce point-là. Je veux le détester, fuir, ne jamais revenir en arrière. Mais les souvenirs affluent, comme des vagues sur la plage. Les baisers inoubliables, ses caresses, la sensation d'être à ma place dans ses bras. Ces souvenirs sont un poison doux, et je me hais de ne pas réussir à les rejeter.

Je croyais en lui. Et pourtant, j'ai baissé ma garde trop vite. Je me suis laissée prendre par la douceur d'un rêve qui n'existait peut-être pas.

Le feu passe au rouge. Mes larmes brouillent la route devant moi. Quand il redevient vert, je n'ai plus la force de continuer. Je me range sur le bas-côté et sors, étouffée par un vide cruel.

L'idée de rentrer et d'être seule me tord le ventre. Alors, je marche, sans savoir où je vais.

Un sentier. Un lac. Le silence. Je me déshabille et entre dans l'eau. Le froid m'éveille. Je flotte, immobile, offerte au ciel. Puis, soudain, je m'effondre. Je pleure. Pour lui. Pour moi. Pour ce qu'on aurait pu être.

Et peu à peu, dans cette vulnérabilité nue, je sens une étrange force renaître. Celle de dire non. De poser mes limites. D'aimer, peut-être, mais sans m'oublier.

Après avoir remis mes vêtements, je retourne à ma voiture, encore tremblante. Une part de moi est prête à tourner la page. Une autre hurle de ne pas l'abandonner sans comprendre.

C'est alors qu'un camion apparaît. Mon cœur bondit. Liam. Il sort, prononce mon nom. Ses pas sont pressés, mais mon corps reste figé.

Il me rejoint, son regard implorant. Puis, sans me laisser parler, il m'embrasse. Et je le laisse faire, l'espace d'un souffle. Mais je recule brusquement, le regard fuyant.

— Tu ne peux pas faire comme si de rien n'était, murmuré-je, la gorge nouée. Tu ne peux pas m'embrasser et espérer que tout disparaisse.

Il semble déstabilisé, blessé, mais il ne recule pas.

— Je sais. Je sais que j'ai tout gâché. Geneviève… elle ne compte plus. C'est fini depuis longtemps, même si je n'ai pas eu le courage de le lui dire clairement. Je t'en supplie, écoute-moi. Ce que je ressens pour toi est vrai, Solène.

Je détourne les yeux.

— Tu aurais dû être honnête. Depuis le début.

— J'ai eu peur de te perdre. Et c'est ce que je suis en train de faire, n'est-ce pas ?

Je ne réponds pas tout de suite. Le silence entre nous est dense, chargé de douleur et d'espoir. Puis, lentement, je le regarde à nouveau.

— Je ne sais pas si je peux te faire confiance, Liam. Pas encore. Ce que j'ai ressenti, c'est vrai, c'est fort. Mais je ne peux pas juste oublier. Il va falloir du temps.

Il hoche la tête, les yeux humides.

— Je suis prêt à attendre. À tout recommencer. Même à mériter ton pardon, jour après jour.

Un frisson me parcourt. Je tends la main, frôle ses doigts.

— Alors peut-être… qu'on peut recommencer. Lentement. Sans promesse précipitée. Mais avec sincérité.

Un sourire se dessine sur ses lèvres. Il pose mes mains sur son cœur.

— Lentement, alors. Mais ensemble ?

Je hoche la tête, les larmes revenant doucement.

— Ensemble.

Il ne dit plus rien. Et moi non plus. Le silence entre nous est devenu presque sacré.

Il y a à peine une heure, je croyais ne plus jamais revoir son visage. Maintenant, il est là, tout près, et je ne sais plus si je dois m'effondrer ou me raccrocher à lui.

Je baisse les yeux. Sa main serre doucement la mienne. Pas avec insistance. Juste assez pour que je sache qu'il est là, qu'il ne part pas. Et c'est peut-être ça, justement, que j'avais besoin de sentir. Qu'il reste. Sans forcer. Sans s'imposer.

Je m'adosse à ma voiture. Le ciel commence à s'assombrir, des reflets mauves courant à travers les nuages. L'air devient plus frais. Mon t-shirt encore humide colle à ma peau, mais je n'ai pas envie de bouger.

Pas envie de fuir. Pas envie non plus de me jeter dans ses bras.

Je veux juste respirer ce moment, le laisser exister.

— Tu n'es pas obligé de rester, soufflé-je, presque sans voix.

— Je sais. Mais j'en ai besoin.

Je tourne lentement la tête vers lui.

— De quoi ?

— De te voir. De te parler. De réparer, même si ça prend mille jours.

Je le fixe un moment. Ce n'est plus le même homme que celui que j'ai quitté furieuse, brisée. Il semble plus vulnérable, désarmé. Il n'essaie plus de jouer un rôle. Il n'a plus d'armure.

Et quelque chose en moi se fissure.

— Je ne te promets rien, Liam. Rien du tout. J'ai mal. J'ai peur. Et je ne suis pas sûre que j'arriverai à te pardonner. Pas complètement.

Il acquiesce, le regard planté dans le mien.

— Alors, ne me pardonne pas. Pas encore. Mais laisse-moi être là. Juste là.

Je ferme les yeux un instant. Inspire. Expire. Le vent s'est levé, doucement ; il glisse dans mes cheveux, me murmure que je peux rester forte sans m'endurcir.

Je rouvre les yeux.

— Tu peux rester… un peu.

Un sourire à peine esquissé s'invite sur son visage. Pas de triomphe. Juste un soulagement discret. Comme si cette infime brèche dans mon cœur était un miracle.

Il s'assied lentement sur le capot de ma voiture, sans rompre le silence. Moi, je reste debout. Et c'est parfait ainsi.

Ce n'est pas encore une réconciliation. C'est un pas. Un minuscule pas dans la nuit qui tombe. Je le rejoins lentement sur le capot, mes gestes prudents, comme si le moindre mouvement pouvait faire éclater cette bulle de silence qui nous protège.

— Je ne sais même plus quoi penser de toi.

Il tourne légèrement la tête vers moi, son profil dessiné par les dernières lueurs du jour.

— Je comprends. Je ne suis pas très fier de moi.

Un rire sans joie m'échappe.

— Tu es fiancé, Liam. Ou tu l'étais. Et moi, je me suis laissé emporter, comme une idiote.

— Tu n'es pas une idiote, Solène. Tu es celle qui m'a réveillé. Celle qui m'a fait sentir… vivant.

Je baisse les yeux, déstabilisée.

— C'est facile à dire. Tu dis ça maintenant. Mais est-ce que j'aurais compté si elle n'avait rien dit ?

Il ne répond pas tout de suite. Son silence me serre le cœur.

— Honnêtement, je ne sais pas. J'étais perdu. Coincé entre ce que je devais faire et ce que je ressentais. J'ai eu des questionnements, mais au fond, tout est devenu clair. C'est juste toi.

Il se penche légèrement, cherchant mon regard.

— Mais quand j'ai cru que tu partais, que je t'avais perdue, ça m'a frappé comme une claque. C'est là que j'ai su. Su, que je ne pouvais pas faire semblant. Pas avec toi.

Je sens mes yeux me brûler. Je lutte encore pour ne pas pleurer.

— Je ne suis pas un prix de consolation, Liam. Je ne veux pas être celle que tu choisis parce que l'autre n'a pas marché.

— Tu es celle que je choisis, parce que, sans toi, je ne respire plus de la même façon.

Il effleure ma main, doucement, sans l'attraper cette fois.

— J'ai déconné, Solène. Et peut-être que je ne mérite pas que tu me pardonnes. Mais ce que je ressens pour toi, c'est réel. Ça ne s'invente pas.

Je laisse mes doigts frôler les siens. Juste un contact. Un fil ténu entre deux cœurs cabossés.

— Tu vas devoir me le prouver, Liam. Pas en me courant après. Mais en restant là. En étant vrai, honnête.

— Je suis prêt, dit-il simplement. Pour la vérité. Pour toi.

Un silence retombe. Mais cette fois, il est moins lourd. Il est comme un drap qu'on partage. Il y a encore de la peur, des blessures. Mais aussi une forme de paix.

Je reste là, à côté de lui. Le cœur encore fragile. Je tends la main. Il la prend, la serre doucement. Ma voix tremble quand je réponds :

— D'accord. À la foire, alors. Mais rien n'est encore gagné entre nous, Liam.

Il hoche la tête, sincère.

— Je te ferai la preuve de mes sentiments.

Je lui rends un petit sourire, plus vrai que le faux sourire que j'avais fait plus tôt.

Je quitte Liam. Sans éclat, sans promesse. Juste un dernier regard lourd de tout ce que je n'ai pas réussi à dire.

Je reprends ma voiture. Le silence de l'habitacle est oppressant. Je mets de la musique, mais chaque chanson me ramène à lui. Alors j'éteins tout et je conduis, les mains crispées sur le volant, le cœur encore tremblant.

Chez moi, je m'écroule sur le lit, sans même retirer mes chaussures. Le plafond devient mon confident muet. Je me souviens de ses nuits où son esprit me rendait visite. Les questions se bousculent, s'entrechoquent. Comment a-t-il pu me cacher une chose pareille ? Comment ai-je pu croire aussi vite en ses mots, en ses gestes ? Et pourtant… comment expliquer que ni la colère ni la douleur n'effacent le battement affolé de mon cœur rien qu'à l'idée de lui ?

Je ferme les yeux. Son regard me revient. Son désarroi. Son aveu maladroit. Ce n'était pas du mensonge, dans ses yeux. C'était de la peur. Une peur qui m'a blessée, oui, mais qui n'était pas feinte.

Alors, une voix en moi chuchote : et si tu passais à côté de quelque chose de vrai ?

* * *

La journée est longue. J'alterne entre la rage et la tendresse, entre l'envie de tout effacer et celle de courir jusqu'à lui. Quand le crépuscule finit par filtrer ses derniers rayons entre mes rideaux, je suis plus calme.

Je me regarde dans le miroir. Mes yeux sont rougis, mais une détermination nouvelle se dessine dans mon reflet. Ce n'est plus la Solène d'avant. C'est une femme qui a décidé de ne plus subir et de choisir à qui faire confiance.

S'il dit la vérité, s'il est sincère, je veux l'entendre dans un lieu où il ne pourra pas se cacher derrière un baiser.

Je vais où l'on doit se rejoindre : la foire. Et cette fois, je sais ce que je veux.

CHAPITRE 25

Solène

La foire est en pleine effervescence. À l'entrée du site, une grande arche en bois accueille les visiteurs dans un tourbillon de lumières et de sons. Les stands explosent de couleurs vives : barbe à papa rose pastel, pommes d'amour brillantes comme des rubis, hot-dogs grillés à souhait, montagnes de sucreries empilées comme des trésors d'enfance. Une kermesse anime le centre, plein de jeux d'adresse, de cris, de joie, de peluches géantes pendues aux structures métalliques comme des trophées de bonheur. Autour, les manèges tournent à toute allure : la grande roue, l'orbite, le carrousel, une glissade vertigineuse… Tout semble suspendu entre euphorie et vertige.

Ce soir-là, je porte une robe noire, simple, rehaussée de boutons en bois. Une veste en jean repose nonchalamment sur mes épaules, et mes bottes de cowboy frappent le sol avec assurance. J'ai voulu me sentir forte. Belle, mais ancrée. Différente. Je suis venue. Je veux lui donner une chance de me prouver qu'il tient à moi.

À côté de moi, Liam, fidèle à lui-même. Son jean foncé et son t-shirt sobre contrastent avec l'agitation colorée autour de nous. Il n'a pas dit grand-chose depuis qu'il est arrivé. Mais sa main effleure parfois la mienne, sans la prendre. Il me laisse de l'espace pour respirer, mais pas pour oublier.

Nous marchons au milieu des cris, des musiques électroniques, des rires d'enfants. Une brise chaude fait voler quelques mèches de mes cheveux. Il me regarde. Un regard en coin. Hésitant.

— Tu veux qu'on tente le tir à l'eau ? propose-t-il.

Je hausse un sourcil, un sourire naissant.

— Tu comptes me battre ?

— Pas sûr. Mais si tu gagnes, je te dois un cornet de gaufres au chocolat.

— Marché conclu.

Le stand est animé. Un homme au micro commente avec une ferveur exagérée :

— Mesdames et messieurs, visez bien la bouche du clown ! Remplissez le tube d'eau, et faites sonner la cloche !

Nous prenons chacun un fusil à eau. Il m'adresse un clin d'œil qui fait fondre un peu ma méfiance. Juste un peu. Le coup de sifflet retentit. L'eau jaillit. On se taquine, on tente de se déconcentrer, et, pour la première fois depuis longtemps, je ris sans me forcer.

Mais au détour d'un instant, son regard change. Il s'attarde sur moi, plus intense. Plus profond. Comme s'il voulait graver ce moment, ou s'excuser sans mots. Mon cœur rate un battement. Le temps semble suspendu… jusqu'à ce que la cloche sonne.

— Et la gagnante est… la demoiselle en noir ! hurle l'animateur.

Je pousse un cri de joie, presque enfantin.

— J'ai gagné ! dis-je, un peu surprise.

On me tend un énorme cheval en peluche. Je le prends dans mes bras, la victoire me grisant un instant. Puis, une voix glaciale fend l'air :

— Liam, je peux te parler ?

Geneviève.

Elle surgit comme un orage sec, tranchant l'euphorie d'un seul regard. Elle me dévisage, mais s'adresse à lui. Sa présence me saisit à la gorge. Liam se tourne vers moi, déstabilisé.

— Vas-y, dis-je, la voix plus calme que je ne me sens.

Il hoche la tête. Ils s'éloignent un peu. Mais je ne peux pas m'empêcher de les suivre du regard. Je les vois parler, tendus, nerveux. Les couleurs de la fête s'éteignent dans ma tête. L'odeur sucrée, la musique enivrante, les éclats de rire… tout devient flou.

Autour de moi, le monde continue de tourner. Mais en moi, une vieille peur recommence à gronder.

* * *

Liam

— Tu détruis ce qui se passe entre nous pour elle ? Pour cette fille qui, soyons honnêtes, ne sera qu'une passade ? hurle Geneviève, le visage tordu par une colère que je ne lui avais jamais vue.

— Ce n'est pas juste ça entre nous, rétorqué-je, le regard planté dans le sien.

— Tu recommences, Liam. Toujours à courir à droite et à gauche, incapable de t'attacher vraiment. Tu ne la connais même pas, ça fait à peine une semaine !

— Ce que je vis avec elle ne te regarde pas.

Je serre la mâchoire. Sa voix tremble, mais ce n'est plus du chagrin : c'est de la rage. Elle me gifle. Fort. Le claquement résonne plus fort encore que le bruit de la fête derrière nous. Puis, les mots fusent. Salaud. Lâche. Menteur. Elle crache sa peine avec une cruauté désespérée. Et soudain, elle pivote. Se dirige vers Solène.

Je n'ai même pas le temps de réagir. Elle s'approche d'elle, lui glisse quelques mots à l'oreille, je ne les entends pas, mais je les sens me brûler. Puis elle lui arrache brutalement le cheval en peluche des mains et disparaît dans la foule, comme une bourrasque violente.

Je reste figé. Je ne respire plus. J'ai envie de la rattraper, de hurler, de m'effondrer. Mais Solène me regarde. Et son regard n'a plus la même lumière.

Je m'avance, lentement. La gorge sèche.

— Je suis désolé, Solène.

Elle me répond tout bas, la voix comme un baume sur une plaie vive :

— Ne t'en fais pas, Liam. Elle souffre. C'est compréhensible.

Sa main se pose sur mon bras. Simple, mais infiniment douce. Je baisse les yeux vers elle, comme s'il m'était impossible de soutenir tant de tendresse. Je devrais me sentir coupable, me sentir honteux. Et pourtant, ce contact me répare un peu.

— Je tiens à toi, Solène. Plus que tu ne peux l'imaginer, dis-je, mes doigts cherchant les siens, m'accrochant à sa chaleur comme à une vérité.

Elle m'attrape doucement le menton. Son regard s'ancre dans le mien. Là, dans cette foule, c'est comme si elle me voyait vraiment.

— Je sais, Liam. Moi aussi, je tiens à toi.

Ses lèvres effleurent les miennes. Un baiser suspendu. Léger. Fragile. Mais qui me bouleverse. Tout autour s'efface, le bruit, les couleurs, le monde entier. Il n'y a plus qu'elle.

Puis elle recule légèrement, un sourire timide sur les lèvres, presque complice.

— On va dans un petit coin tranquille ? J'ai vu un endroit parfait.

Je hoche la tête, encore un peu sonné, mais pressé de quitter l'agitation, de retrouver un lieu où je pourrai enfin respirer près d'elle.

— Bien sûr, Solène.

Nous quittons la grande allée illuminée, où la musique et les cris des manèges emplissent encore l'air. Nos pas nous mènent vers l'arrière de la foire, là où les guirlandes colorées s'éteignent peu à peu, remplacées par l'ombre et le bourdonnement lointain des générateurs.

Le sol craque sous nos chaussures. L'odeur de sucre et de métal chaud flotte encore. Autour de nous, les tentes pliées et les manèges éteints ressemblent à des géants endormis.

— C'est plus calme ici, murmure-t-elle.

Je la regarde. La lumière clignotante d'une enseigne mourante effleure son visage, dessinant ses traits d'une douceur presque irréelle. Elle s'approche, pose sa main contre ma poitrine, comme pour vérifier que je suis bien là, bien réel.

— J'avais besoin de silence, dit-elle dans un souffle.

— Moi aussi.

Je passe une main derrière sa nuque, attiré par la chaleur de sa peau. Nos souffles se mêlent, et sans réfléchir, je l'embrasse. C'est d'abord un effleurement, une promesse timide. Puis tout s'intensifie. Ses doigts s'accrochent à ma chemise, les miens s'égarent dans ses cheveux. Le monde autour disparaît, il n'y a plus que nous, l'électricité de cet instant, nos cœurs qui battent à l'unisson.

Un bruit sourd retentit derrière nous.

— Hé ! Vous n'avez pas le droit d'être là !

Nous sursautons.

Un gardien de sécurité s'avance, lampe torche en main, le visage fermé.

— C'est dangereux par ici, les manèges sont en maintenance. Allez, on circule.

Solène étouffe un rire nerveux, les joues rougies. Je passe une main dans mes cheveux, mal à l'aise, mais incapable de cacher le sourire qui me monte aux lèvres.

— Désolé, on cherchait juste un peu de calme, dis-je.

Le gardien secoue la tête, amusé malgré lui.

— Le calme, oui, mais pas ici. Allez, filez, avant que je change d'avis.

Nous repartons, un peu honteux, un peu euphoriques aussi. Nos épaules se frôlent, nos rires étouffés se perdent dans le vacarme de la fête qui reprend au loin. Et dans le reflet des lumières, je croise son regard. Il y a dans ses yeux cette étincelle familière, celle qui me fait croire, malgré tout, que certains interdits ont simplement le goût de la vie.

* * *

Solène

Liam et moi déambulons comme si de rien n'était, nous fondant comme deux voyous, tandis que le bruit joyeux de la foule résonne autour de nous. Nos mains ne se quittent plus. Il y a, dans ses gestes, une tendresse nouvelle, une forme d'attention qui me trouble. Mais ce n'est pas seulement ça qui me trouble. Cette phrase : « Hé ! Vous n'avez pas le droit d'être là ! ». J'ai un flash d'un homme qui me lance : « Vous ne devriez pas être dans ce train ».

— On tente les canards ? propose-t-il, un sourire en coin.

Je reviens dans le moment et réponds avec joie.

— Seulement si tu acceptes de perdre.

— Tu vas voir ce que je vaux avec une canne à pêche en plastique, rétorque-t-il, faussement indigné.

On s'installe devant la petite mare, les canards défilent au rythme d'une musique un peu grinçante. On rit comme des enfants, on se chamaille, on se frôle sans vraiment s'excuser. Il me laisse gagner ou peut-être pas. J'attrape un petit lapin rose minuscule. Il rigole.

— Voilà ton trophée. J'espère que tu vas le chérir toute ta vie.

— Il sera sur mon oreiller, chaque nuit, promis.

On s'éloigne du stand, une pomme d'amour dans les mains. Je m'apprête à croquer dedans quand Liam m'arrête doucement.

— Attends, t'as du sucre ici.

Il effleure ma lèvre du pouce, sans se presser. Mon cœur fait un bond. Mon souffle aussi. Puis il rit, un peu gêné.

— Désolé, c'était idiot.

— Non, c'était doux.

Un silence s'installe, léger, comme suspendu. Puis il me prend à nouveau la main et m'attire vers un autre manège.

— Tu veux vivre un peu de vertige ?

— J'en vis déjà un, soufflé-je, à peine audible.

Il m'entraîne dans l'orbite. Les sièges tournent en spirale, envoient valser nos repères. On crie, on rit, on s'agrippe. Sa main sur la mienne devient une ancre. Quand on descend, le monde tangue encore. Je trébuche légèrement, il me rattrape.

— Tu vas bien ?

— J'ai la tête qui tourne.

— Moi aussi. Mais pas à cause du manège.

Je relève les yeux vers lui. Son regard est posé, intense. Je crois qu'il va m'embrasser, là, maintenant. Mais il se contente de glisser ses doigts entre les miens et m'emmène à l'écart, dans un coin plus calme. Une estrade vide, légèrement éclairée par des guirlandes.

On s'assoit. Le bruit de la fête continue au loin, comme une rumeur étouffée.

— J'ai toujours adoré les foires, murmure-t-il. Quand j'étais gamin, c'était les seuls soirs où je sentais que tout était possible.

— Et maintenant ?

— Maintenant, j'ai peur de ressentir que quelque chose est possible. Que ça m'échappe. Que je te perde avant même de t'avoir vraiment.

Je ne dis rien. Je pose simplement ma tête contre son épaule. Il respire plus lentement.

— Tu sais, je me sens vivante quand je suis avec toi, soufflé-je. Comme si… quelque chose de flou reprenait forme.

Il me regarde longuement. Puis il approche ses lèvres des miennes, lentement, avec cette retenue fragile des gens qui ont été trop souvent blessés. Le baiser est doux, chargé de tout ce qu'on ne sait pas encore dit. Quand on se sépare, il caresse ma joue du bout des doigts.

— J'ai un endroit à te faire découvrir. Tu veux bien que je te montre, Solène ?

— Tant que la nuit est à nous, oui, réponds-je.

* * *

Liam

Nous roulons quelques minutes en direction d'un mont. À mi-chemin du sommet, je bifurque vers un passage offrant une vue imprenable sur la ville. Je gare le camion pour que nous puissions observer les lumières de la ville, admirer l'effervescence éclatante de la foire et de ses manèges. Un véritable spectacle, rien que pour nous deux.

— Liam, c'est superbe comme vue !

— Oui, c'est un endroit tranquille. J'y venais souvent à l'adolescence. J'ai cessé de venir par manque de temps. J'ai aussi une belle vue, bien que différente, au ranch.

— Je comprends. On cesse de faire des choses parce qu'on a des obligations, et la vie nous emporte ailleurs. Merci de m'avoir fait découvrir cet endroit.

Solène se rapproche de moi et, lentement, je dépose ma bouche dans son cou, le couvrant de baisers. Elle enfouit son visage contre mon oreille et son souffle me fait frissonner. Sa main se glisse dans mon jean, empoignant fermement ma verge, m'arrachant un soupir. Elle entraîne un délicat mouvement de va-et-vient, ne cessant de surveiller ma réaction. Je libère mon intimité de son étau et elle y dépose sa bouche. La frénésie de ses mouvements me fait tourner la tête.

* * *

Solène

Mon amant me relève la tête et déboutonne mon pantalon. Tremblante d'excitation, je me positionne sur la banquette pour qu'il puisse enfoncer sa chair en moi, me dérobant un soupir de plaisir. Ses coups de reins gagnent en amplitude. Quelques gouttes de transpiration glissent sur son front sous l'intensité de ses efforts. Je me presse contre lui. Ma joue se blottit contre la sienne et nos respirations s'accélèrent et se calquent l'une sur l'autre. Mes jambes tremblent sous l'assaut d'un plaisir que je ne parviens plus à retenir. J'atteins l'orgasme rapidement. Je plonge mon regard dans le sien, témoin silencieux de son plaisir. Ces sentiments, que je croyais ébréchés, renaissent avec une force nouvelle, plus vive encore qu'avant l'incident et je ne veux pas que cela s'arrête. Ce moment de câlins nous a fait le plus grand bien. Une fois rhabillée, je glisse une main dans ses cheveux, mon regard accroché au sien, plein de tendresse.

— Je ne veux pas que ses moments s'arrêtent, Liam.

Il sourit en m'observant.

— Moi non plus, Solène. Moi non plus. Et si on rentrait, maintenant ?

Liam démarre le véhicule et constate que le réservoir est presque vide.

— Je vais aller mettre de l'essence à la station-service.

Il se stationne à une pompe et descend pour faire le plein avant qu'on rentre. Je l'observe à travers la vitre. Il me rend heureuse. Je sors du camion et il me sourit.

— Je vais me chercher quelque chose à boire. Tu veux quelque chose aussi ?

— De l'eau ! Je ne sais pas pourquoi je suis aussi déshydraté, me lance-t-il avec un clin d'œil.

Avant de disparaître dans le dépanneur, je lui envoie un baiser volant. Je me dirige vers les réfrigérateurs afin d'y prendre deux bouteilles d'eau. Je croise quelques clients, l'endroit est paisible. La petite sonnette retentit annonçant l'arrivée d'une autre personne. C'est Liam, sans même me retourner, je reconnais sa voix lorsqu'il s'adresse au caissier et je me dirige tranquillement vers lui. Soudain, une impression étrange m'envahit. Malgré moi, mon malaise s'intensifie. Quelque chose cloche. Puis des cris s'élèvent dans le dépanneur, et l'inquiétude cède la place à la peur. J'aperçois un homme masqué qui lève son bras vers moi, l'arme qu'il dissimulait apparaît devant mes yeux. Mes tripes se liquéfient et aucun son ne parvient à franchir mes lèvres.

Je reste là, figée, les yeux écarquillés, complètement paralysée par la peur. Un deuxième individu masqué entre dans la station-service. Mon cœur se serre, une boule d'angoisse me serre la gorge. Il crie :

— Tout le monde, regroupez-vous ! Personne ne bouge !

Le sang se glace dans mes veines. Celui qui me tenait en joue quelques secondes plus tôt me délaisse pour rejoindre son complice. Je croise le regard de Liam, et j'y lis la même peur qui m'envahit. La fête, la foire, tout ça semble si loin maintenant, comme si nous étions dans un autre monde, un monde où le danger est bien réel.

Mon cerveau s'emballe. Tout va trop vite. Je suis coincée dans ce lieu sans issue, avec une foule de pensées affolées qui tourbillonnent dans ma tête. Mes jambes sont comme du coton, et l'air me semble soudainement trop lourd à respirer.

— Allongez-vous face contre terre ! ordonne celui près de la caisse, la voix froide et autoritaire.

Un frisson me parcourt. Le caissier, tout aussi terrorisé que nous, implore :

— Prenez l'argent, prenez tout ce que vous voulez, mais épargnez-nous.

— Toi, ferme ta gueule ! Si on veut que tu parles, on te fera signe, hurle le malfaiteur.

L'air devient irrespirable, mes mains tremblent, mais je m'efforce de rester calme. Mes yeux sont fixés sur Liam, cherchant un quelconque réconfort dans son regard. Mais ses yeux sont vides, marqués par l'angoisse. Tout s'est transformé en un cauchemar silencieux. Ma respiration est irrégulière, chaque son semble amplifier la tension dans l'air.

Le plus petit des deux malfrats me désigne soudain du doigt. Mon cœur s'arrête. Mon corps est paralysé par une peur viscérale. Je lève la tête, les yeux écarquillés, et je vois l'autre homme, celui qui m'avait en joue il y a quelque seconde, qui s'approche de moi, l'arme braquée.

— Toi ! Lève-toi ! me crie-t-il, sa voix emplie de menace.

Je ne sais même plus si mes jambes vont m'obéir. Lentement, je me redresse, les muscles tendus. Le bandit m'observe, scrutant chacun de mes mouvements, chacune de mes respirations. Son regard se fait insistant, glissant sur mon corps de manière inquiétante. Il me frôle, sans ménagement, effleurant mes seins, mes parties intimes, comme si je lui appartenais. Le dégoût m'envahit, mais je me force à ne rien montrer.

Je sens mes doigts se crisper sur mes cuisses, l'air devient lourd et suffocant. Je serre les dents pour ne pas laisser échapper mes larmes. Que va-t-il me faire ?

— Pas de téléphone ! gronde-t-il.

Heureusement, mon téléphone est resté dans le camion. Mais cette pensée n'est qu'un léger soulagement. Il aurait pu me l'arracher, et je ne veux même pas imaginer ce qu'il en aurait fait.

— Comment tu t'appelles ? demande-t-il, sa voix toujours glacée, en me pointant avec son arme.

Je me sens comme une proie. Tout dans ma tête me hurle de fuir, mais mes jambes ne répondent pas. Une terreur sourde envahit mon corps.

— Solène, murmuré-je d'une voix brisée.

L'homme masque un sourire cruel, et ses yeux brillent d'une lueur de satisfaction.

— Si quelqu'un bouge, je bute Solène, annonce-t-il, comme une menace définitive.

Un frisson glacial me traverse. Chacun des muscles de mon corps se tend, prêt à fuir, mais mon esprit me commande de ne pas bouger, de rester immobile, de ne pas attirer l'attention. Les secondes semblent durer des heures. Ma poitrine se serre, ma respiration devient erratique, mais je me force à rester calme.

Le plus petit, celui près du comptoir, pousse le caissier en direction du fond de la station, l'obligeant à vider les tiroirs. Il nous réitère son ordre de rester parfaitement immobiles, de ne pas parler, de ne pas réagir. Puis, visiblement nerveux, mon agresseur tangue de gauche à droite, il me jette des regards furtifs, il semble tergiverser. Je reste le plus immobile possible, debout près de lui. Je peux distinguer son odeur, et elle m'apparaît exécrable… Comme frappé d'un éclair de lucidité, il se tourne vers moi et me pousse vers le sol pour m'asseoir près de mon cowboy en pointant son fusil vers moi.

Je serre les mains de Liam, essayant de nous apaiser l'un l'autre par ce geste. Il me paraît aussi figé que moi, ses yeux emplis de terreur. La chaleur de sa peau me procure un maigre réconfort. Le braqueur nous fustige du regard, prêt à réagir au moindre mouvement, sa main tenant fermement son arme.

Les minutes s'éternisent, chaque son me semble amplifié. Le bruit d'un véhicule de police au loin fait vibrer l'air, un semblant d'espoir me traverse. Mais l'homme masqué jure.

— Putain, ils ont appelé les flics ! Si on se fait prendre, le sang va couler pour vous tous !

Un coup de feu éclate, brisant l'illusion d'un possible secours. Mon cœur saute dans ma poitrine. Tout à coup, un bruit de sirène retentit. Les braqueurs s'enfuient à toute vitesse.

Un silence de mort envahit la station-service. Je me penche immédiatement vers Liam, le cœur battant la chamade, une panique sourde m'envahissant.

— Liam ! crié-je, la voix fêlée par l'angoisse.

Je le prends dans mes bras. Il me regarde, une expression de désolation et de douleur sur le visage. Mon sang se glace en voyant tout le déversement d'hémoglobine que je tente de stopper.

— Accroche-toi, les secours arrivent, je suis là, murmuré-je, ma voix tremblante. Il n'est pas question que je te perde ici, Liam. Pas maintenant, pas après tout ce qu'on a vécu.

Je le soutiens, mes mains tremblent sous son poids. Son regard, à la fois perdu et désespéré, me transperce. Je veux lui dire que tout ira bien, que tout va s'arranger, mais je sais que rien ne sera plus jamais pareil. Rien ne pourra effacer ce que nous venons de vivre.

Je baisse les yeux, le visage noyé de larmes. Je sens encore le sang chaud de Liam entre mes mains, et je réalise que, dans ce moment de terreur, il y a quelque chose de plus fort que la peur : l'envie de le sauver, de le tenir, de ne pas le laisser partir. C'est dans cette prise de conscience que j'entends les sirènes se rapprocher. Mais même avec les secours qui arrivent, je n'arrive pas à me défaire de ce sentiment d'urgence, de cette peur viscérale.

Les battements de son cœur résonnent dans ma main, et, dans ce bruit, je ressens toute l'intensité du moment. Si seulement l'instant pouvait s'arrêter. Mais la vie, elle, continue de s'écrire, et nous ne savons pas encore où elle nous mène.

CHAPITRE 26

Solène

Je serre encore la main de Liam, comme si ma prise pouvait retenir quelque chose d'irrévocable. Sa peau est tiède, tachée de sang, et je sens sous mes doigts les battements irréguliers de son cœur, rapides comme des galops paniqués. Autour de nous, la station-service est un décor figé : le néon vacille, une pompe fuit, une odeur métallique flotte dans l'air. Tout sonne trop fort, comme si le monde avait monté le volume sur sa détresse.

Deux hommes en uniforme descendent en courant du camion d'urgence. Leur professionnalisme est une danse ordonnée dans ce chaos : une voix claire qui ordonne, des gestes précis, un brassard qu'on resserre, des compresses qu'on appuie. Ils nous parlent, mais les mots semblent filtrés, comme si le son devait traverser une vitre.

— Madame, on a besoin d'espace pour travailler.

Je n'obéis pas vraiment. Je reste collée contre lui, mes doigts enracinés dans la main qui pèse maintenant si peu. Ils m'exhortent doucement à reculer ; je m'effondre à genoux à côté du brancard quand ils soulèvent Liam, et la scène devient une succession d'images accélérées : portes qui claquent, chaînes qui s'ouvrent, ambulance qui avale la nuit. À l'arrière, l'odeur d'antiseptique remplace celle de l'essence ; une lampe éclaire son visage ; quelqu'un me passe une couverture ; on me demande son nom, son âge, s'il est allergique. Les réponses sortent par saccades, froides, comme si je regardais un film auquel je ne participais pas.

Sur la banquette de l'ambulance, je l'entends murmurer mon prénom, faible, presque vide d'air.

— Solène…

Ma voix se casse quand je lui réponds, mais il serre mes doigts comme pour s'accrocher à la réalité. Maintenant, on me demande de sortir de l'ambulance et de le rejoindre à l'hôpital. Le trajet est une course, une succession d'éclairs rouges et bleus contre le pare-brise, et l'angoisse me ronge la poitrine. Je pense à ne pas vouloir le perdre après lui avoir pardonné. Je prie, mais mes prières ont la voix tremblante.

À l'hôpital, tout est fait pour nous faire bouger vite : couloirs blancs, cliquetis des portes, talons pressés, un infirmier qui me demande si je suis bien Solène Martin et m'annonce que j'ai l'autorisation de la part du patient de signer un papier que je parcours sans le voir. Ils le prennent en charge immédiatement, un tourbillon d'examens, de pansements, de mots techniques que je retiens à peine. « Hémorragie. Stabilisation. Scanner. Chirurgie possible. » L'un des médecins pose brièvement sa main sur mon épaule :

— On va tout faire. On va essayer de le stabiliser. Il a perdu beaucoup de sang. On espère que notre banque en a assez, sinon on va en faire venir d'un autre hôpital.

— Quel est son groupe sanguin ?

— AB, répond un médecin.

— Je suis compatible, j'ai le même groupe que lui, déclaré-je avec un soupçon d'espoir.

— Nous vous avertirons si c'est nécessaire, m'informe-t-il en disparaissant derrière la porte.

Le bruit, la lumière, la présence du personnel et puis le vide. Je me retrouve dans une salle d'attente trop grande, trop claire, où chaque tic-tac d'horloge résonne comme un verdict. Mes mains ne trouvent pas de place ; mes genoux se replient, ma gorge est sèche.

Les heures s'étirent. Elles sont faites de petits actes ridicules qui cherchent à meubler l'attente : un café trop amer, des brochures que je feins de lire. Chaque souvenir avec lui me brûle et me soutient à la fois.

Quand le chirurgien sort enfin, sa blouse froissée, la fatigue creusant ses traits, tout mon corps se contracte. Il s'arrête devant moi, prend une profonde respiration et prononce des mots qui, pour la première fois depuis des heures, me donnent un point d'ancrage :

— Nous avons contrôlé l'hémorragie. Il a perdu beaucoup de sang, mais il est stable pour l'instant. Il a subi une chirurgie réparatrice. Il est aux soins intensifs, sous sédation. Il est hors de danger immédiat, mais il faudra qu'on surveille sa récupération.

Les larmes me montent aux yeux, incontrôlables. Je ris, je pleure, je le remercie d'une voix cassée. C'est un moment de bascule, il est vivant. Pas guéri, pas indemne, mais vivant. Le chirurgien s'éclipse.

On me guide vers la chambre des soins intensifs. À travers la vitre, je le vois : immobile, drapé de fils et de tuyaux, le visage paisible malgré les ecchymoses qui marbrent sa peau. Un respirateur souffle à ses côtés ; sa main est bandée. J'entre avec l'autorisation des soignants. Je m'assois, silencieuse, et je prends sa main, avec cette habitude désormais instinctive de le toucher pour vérifier qu'il est réel. Il ne bouge pas. Son être est là, rendu fragile par la vulnérabilité d'un corps blessé.

Je reste près de lui. À voix basse, des mots sortent plus pour me rassurer que pour le réveiller : des murmures chuchotés. « Je suis là. Je reste. Je ne te laisserai pas. » La sonnerie lointaine d'un moniteur rythme ma respiration. Le temps devient élastique : je dors par intervalles, je me réveille au moindre son, et chaque fois, je replonge dans ce même paysage d'attente.

Les jours qui suivent sont faits d'une succession de petites victoires. Il ouvre les yeux une première fois, confus, puis son regard se fixe sur moi et il tente un sourire. Sa voix est rauque, mais il dit mon nom.

— Solène.

Dans ces heures longues et fragiles, quelque chose d'autre se tisse entre nous : une évidence rendue plus vive par la peur qu'on a traversée. J'ai vu sa vulnérabilité, il a vu la mienne. Les silences n'ont plus le goût d'un reproche, mais d'une proximité retrouvée. Quand il me fixe, encore faible, je sens que les mots n'ont plus besoin d'être grands : ils doivent juste être vrais.

La vie reprend des teintes tremblantes. On marche ensemble, pas à pas. Il y a des blessures à panser, des peurs à apaiser, des questions à poser. Mais, assise à son chevet, la main dans la sienne, je sais que je ne le lâcherai pas. Peu importe la route, peu importe le temps. Nous avons traversé la nuit la plus noire, et nous sommes encore là, encore ensemble.

CHAPITRE 27

Liam

Quelques mois plus tard

Je suis fébrile, mes mains légèrement moites, comme un adolescent à son premier rendez-vous. Ce n'est pas juste un dîner, ce n'est pas une simple soirée. C'est la première fois que je l'envisage sérieusement à part la promesse que j'ai faite sur un coup de tête à Geneviève, de passer le reste de ma vie aux côtés d'une femme. Et ce n'est pas n'importe quelle femme. C'est elle.

Solène patiente devant la porte, son regard posé sur moi, attendant que je m'approche pour lui ouvrir. À cet instant, je suis frappé par sa beauté, plus intense que jamais. Sa robe noire épouse parfaitement ses courbes, ses jambes interminables mises en valeur par des talons élégants, et sa chevelure bouclée, légèrement relevée, ajoute à son allure une sensualité discrète mais envoûtante.

Je la contemple sans pouvoir m'arrêter, mon cœur battant plus fort à chaque seconde qui passe. Ses yeux brillent d'une lueur douce et familière, mais ce sourire… ce sourire me coupe littéralement le souffle. Je l'observe, comme si le temps s'était suspendu autour de nous, et je me rends compte que, pour la première fois, je suis l'homme le plus chanceux du monde.

— Tu es magnifique, Solène, dis-je, ma voix brisée par l'émotion.

Elle entre, ses yeux se posant immédiatement sur la table que j'ai préparée pour elle. La pièce est baignée de lumière tamisée, les chandelles ajoutent une touche d'intimité et de romantisme, et l'odeur appétissante du bœuf braisé flotte dans l'air. Solène s'arrête un instant, admirant les préparatifs, et je me tiens là, silencieux, absorbé par sa beauté.

— Wow, c'est superbe !

Elle sourit, un éclat de surprise et de plaisir dans la voix. Je n'arrive pas à détacher mon regard d'elle, éperdu de gratitude. Cette soirée, ce moment, c'est tout ce que j'ai toujours rêvé de partager avec quelqu'un. Et c'est avec elle que je le vis.

* * *

Solène

Je suis figée un instant, absorbée par le décor, mais surtout par la vision de Liam, debout devant moi, avec cet air si tendre et sincère. Cette soirée, je l'ai espérée. Cette soirée, c'est mon rêve devenu réalité. Je soupire, me sentant envahie par un bien-être profond.

Je dépose mes lèvres sur les siennes, effleurant doucement sa bouche, presque à en oublier la réalité autour de nous. Ce moment, ce baiser… C'est plus fort que tout. C'est comme si rien d'autre ne comptait. Comme si le monde entier pouvait disparaître autour de nous.

Je me souviens encore de l'angoisse qui m'a saisie à l'idée de le perdre. Le braquage. La balle qu'il a reçue aurait pu être fatale. Je le savais, je l'avais vu dans ses yeux. Le souffle coupé, je n'avais rien pu faire d'autre que de prier, d'espérer qu'il survive. Et il l'a fait. Il est ici, avec moi, et tout semble tellement plus lumineux à ses côtés.

Quand il m'a fait sa demande, j'ai cessé de respirer un instant. Le monde s'est arrêté, et, dans cet instant suspendu, mon cœur a fait un bond. Son regard, son sourire, tout en lui disait qu'il ne voulait plus être loin de moi. Et moi, j'ai ressenti la même chose, profondément. Cette demande, ce fut le moment parfait pour lui révéler mon don.

Nous sommes l'un en face de l'autre. Il y a dans l'air cette tension tranquille des moments où tout peut basculer.

Je prends une inspiration lente. Mes doigts serrent légèrement sa main.

— Liam… il y a quelque chose que je dois te dire. Quelque chose que je ne peux plus taire si je veux être vraie avec toi.

Il me regarde, attentif, sans un mot. Son regard me procure une chaleur qui me pousse à continuer.

— Ce que je fais… les textes que j'écris, les histoires des gens qui ne sont plus là… Ce n'est pas qu'un travail pour moi. Ce n'est pas seulement de l'écriture.

Je marque une pause, le cœur battant à tout rompre.

— Quand je tiens un crayon, quand je commence à écrire… il se passe quelque chose.

Je baisse les yeux vers mes mains, comme si elles pouvaient trahir ce que je suis.

— Je les vois, Liam. Les âmes. Pas avec mes yeux, mais avec quelque chose d'autre. Elles viennent à moi. Parfois, elles me montrent un lieu, un souvenir, un fragment d'émotion. Et quand j'écris, c'est comme si elles me guidaient. Comme si leurs histoires coulaient à travers moi.

Je relève les yeux. Il ne dit rien, mais son regard ne fuit pas.

— C'est étrange, je sais. J'ai longtemps eu peur de ce don. Peur qu'on me prenne pour folle, ou qu'on s'éloigne de moi.

Mais c'est ce que je suis. C'est ce qui me relie à eux et, d'une certaine manière, à la vie aussi.

Un silence doux s'installe. Il caresse ma main de la sienne.

— Tu vois les âmes et tu leur donnes une voix, murmure-t-il.

Je hoche la tête, les larmes au bord des cils.

— Oui. Et parfois, je sens qu'elles laissent une trace en moi. Comme un souffle qui ne me quitte jamais vraiment.

Il serre ma main un peu plus fort.

— Tu n'as pas à avoir honte de ça, Solène. Ce n'est pas une malédiction. C'est… un pont. Un lien entre les mondes. Et c'est ce qui fait de toi quelqu'un d'unique.

Un sourire timide traverse mes lèvres.

— Je devais te le dire avant que nous allions plus loin. Parce que t'aimer, pour moi, c'est aussi te laisser voir cette part invisible.

Liam se penche, son front effleurant le mien.

— Alors, montre-la-moi. Tout entière. Je ne veux rien d'autre que la vérité de ce que tu es.

Et dans le silence qui suit, il me semble entendre, le bruissement apaisé de toutes ces âmes qui l'approuvent.

Nos lèvres se rejoignent, ce baiser devient une fusion, un mélange parfait d'amour et de désir. Je l'attrape par la nuque, me perdant dans la douceur de ses lèvres. Mon cœur bat si fort que j'ai l'impression qu'il va exploser, qu'il va sortir de ma poitrine. Ce sentiment est si puissant, si intense que j'ai du mal à y croire.

Est-ce possible d'aimer autant ? De se sentir complète de cette façon, comme si tout ce que j'avais cherché dans ma vie, je l'avais enfin trouvé en lui ? C'est indescriptible. C'est exactement ce que je ressens en ce moment précis. Il accepte qui je suis vraiment. Et je sais, au fond de moi, que tout est parfait. Nous sommes faits pour être ensemble.

* * *

Liam

Je passe doucement mes bras autour de sa taille. Ses prunelles croisent les miennes, et, dans ce regard, tout le reste du monde s'efface. Elle rayonne d'une lumière qui semble n'exister que pour moi.

Je fléchis un genou, le cœur battant à rompre ma poitrine, et je sors une petite bague en or surmontée d'une pierre qui capte la lumière comme ses yeux captent mon âme.

— Solène Martin, veux-tu me faire l'honneur de devenir mon autre moitié ?

Une larme glisse sur sa joue, aussitôt suivie d'un sourire qui vaut tous les oui du monde.

— Oui, Liam.

Je me relève, tremblant d'émotion, et glisse la bague à son doigt. Ses joues s'empourprent tandis que je me penche vers elle. Elle m'attire à elle avec une intensité nouvelle, et nos lèvres se rejoignent dans un baiser brûlant, vibrant de promesses.

Nos souffles se mêlent, nos cœurs s'accordent, et, dans cette étreinte, il n'y a plus de doute, plus de peur : seulement l'évidence de deux âmes qui se reconnaissent.

Et son don la rend unique et encore plus spéciale à mes yeux.

* * *

Durant la nuit, je m'éveille aux sanglots étouffés de Solène, endormie tout près de moi. Je pose doucement une main sur son épaule, espérant apaiser son cauchemar, et commence à la caresser tendrement. Son corps se met alors à trembler par à-coups, secoué de soubresauts.

— Solène. Réveille-toi. Tu fais un cauchemar.

Elle ne réagit pas.

Son corps se met à frissonner, secoué par des tremblements de plus en plus forts. Une larme s'échappe de ses yeux clos, et mon cœur se serre. Je ne peux pas la laisser affronter ce cauchemar seule.

— Solène, réveille-toi.

Il me faut plusieurs tentatives avant qu'elle ne finisse par ouvrir les yeux. Son regard est alors rempli d'effroi.

— Solène, ça va bien ? Tu as fait un cauchemar.

J'allume la lampe de chevet.

Elle vient de réaliser, elle se redresse sans lâcher la couverture. Elle fixe le mur de la chambre reprenant sa respiration affolée. Elle détourne le regard vers moi.

— C'était affreux.

Elle se blottit contre moi.

— J'ai encore fait ce cauchemar, murmure-t-elle d'une voix tremblante.

— Raconte-moi, dis-je en la serrant un peu plus contre moi.

Elle inspire profondément avant de poursuivre :

— Je me souviens juste du bruit, ce son strident, comme un train qui approche… puis du sang. Partout. Et ce n'est pas la première fois que je le fais.

Je fronce les sourcils, le cœur serré.

— Un train, du sang… C'est étrange, parce que moi aussi, j'ai déjà rêvé de ça.

Nos regards se croisent, lourds d'incompréhension.

— Tu crois que ça veut dire quelque chose ? demande-t-elle, la voix à peine audible.

— Je n'en ai aucune idée, réponds-je doucement. J'espère seulement que ce n'est pas un mauvais présage.

Je dépose un baiser sur ses lèvres pour chasser ses peurs, ou peut-être les miennes.

— Liam, fais-moi l'amour. Montre-moi combien tu m'aimes, murmure-t-elle dans un souffle à mon oreille.

— Je vais te le montrer et je vais te le démontrer chaque jour de ma vie.

Je pose la main sur ses lèvres et je la sens trembler sous mon contact. Tout doucement, je la laisse glisser sur sa hanche et remonte en caressant chaque relief de son corps. Sa peau se couvre de chair de poule.

Elle soupire.

— Tu es sublime !

La lampe me permet d'admirer toute sa beauté dans un halo de la lumière chaude.

Je l'embrasse avec une intensité nouvelle, comme si tout en nous cherchait à se rejoindre. Mes mains glissent le long de ses hanches, effleurent sa peau dans une lente caresse, qui fait naître un frisson.

Solène se cambre sous mes gestes, ses doigts s'accrochent à moi, m'attirant encore plus près.

Nos souffles se mêlent, nos regards se croisent, un échange muet, vibrant, où tout se dit sans un mot.

Je sens son cœur battre contre le mien, rapide, accordé au mien.

Nos langues se rencontrent, mes mains descendent jusqu'à son entrejambe que je caresse avec délicatesse. J'ouvre le tiroir de la table de nuit pour prendre un préservatif que j'installe sur mon membre ferme.

Dans cette proximité, il n'y a plus que nous, le monde peut bien s'éteindre.

— Je t'aime !

Je viens appuyer mon gland à l'entrée de son sexe.

— Je t'aime, maintenant, et pour toujours.

Solène glisse ses bras et ses jambes autour de moi afin que je pénètre en elle. Elle devient une partie de moi, de mon corps et de mon cœur.

CHAPITRE 28

Solène

Je m'éveille en sursaut. Je chasse discrètement les larmes qui maculent mes joues. Je me retourne vers l'homme près de moi. Liam est profondément endormi. Je me lève doucement pour ne pas le réveiller en essayant de balayer cette sensation qui me comprime la poitrine comme un étau.

Tourné face à la fenêtre, j'observe les étoiles qui me regardent, impassibles. Pourquoi ce cauchemar devient-il récurrent et me laisse-t-il une douleur de plus en plus vive à la poitrine ? Qu'est-ce que cela annonce ? Liam ne semble plus faire ce rêve.

Mes paupières s'alourdissent, mais je n'ai pas envie pour le moment de retourner dormir. Je préfère ne pas quitter les étoiles.

Je murmure pour moi-même :

— Comment faire pour t'effacer, toi, le rêve ?

Sur un élan, je vais chercher mon carnet et un crayon. Je m'assois à mon petit bureau, la lampe allumée. La lumière dorée, comme si elle hésitait à troubler la nuit.

Je pose la mine sur le papier. D'abord, rien. Puis un mot, deux, qui se tracent d'eux-mêmes : feu… cri… chute… silence.

Les lettres se déforment légèrement, dansent, avant de redevenir immobiles.

Un frisson me parcourt. Je reconnais cette sensation : une présence, douce, fragile, qui effleure mon esprit.

Le crayon continue de glisser. Des formes apparaissent dans les ombres du bureau : un visage, une main, une lueur éphémère.

Elles ne me font plus peur. Ce sont mes gardiennes silencieuses. Les âmes que j'ai croisées, peut-être… ou les fragments de moi-même.

Je ferme les yeux un instant, respire profondément. L'air semble plus léger. Le cauchemar s'éloigne. Les ombres s'effacent, la lampe cesse de vaciller. Quand je rouvre les yeux, le papier est couvert de mots paisibles, d'une écriture que je reconnais à peine :

Tu n'as plus rien à craindre. Écris, et nous serons là.

Je souris malgré moi. Une larme roule encore, mais elle ne brûle plus. Je referme le carnet, j'éteins la lampe. Dehors, les étoiles ont changé de place, comme si le temps lui-même avait attendu que je me libère.

Je retourne auprès de Liam. Je glisse ma main contre la sienne et, pour la première fois depuis des nuits, je trouve le sommeil sans lutte.

Quand mes paupières s'ouvrent de nouveau, je sens sa caresse glissant dans mes cheveux. Le soleil a trouvé un passage malgré les quelques nuages dans le ciel. Une belle journée commence. Je reste immobile pendant un instant, observant les rayons traverser la pièce. La main de mon amant quitte mes cheveux, puis je sens son corps s'allonger derrière le mien pour me serrer contre lui. Son souffle caresse ma peau avant qu'il y dépose un baiser.

Si seulement je pouvais cesser de me réveiller en pleine nuit !

Je pose ma main dans la sienne essayant d'y trouver du réconfort. Je me retourne sur le dos. Liam s'accoude au-dessus de moi en plongeant ses yeux dans les miens. Je me perds dans son regard. J'ai juste envie d'être avec lui et de ne penser à rien d'autre. Je passe mes mains sur son ventre remontant doucement la ligne de ses abdominaux. Il suffit qu'on se touche et tout devient merveilleux. Il est ma moitié.

— Dans une semaine, je serai ta femme !

Un sourire s'affiche sur son visage me faisant oublier ce cauchemar et la compression dans ma poitrine. Il protège mon cœur.

Liam se lève debout dans le lit en me tendant la main.

— Future madame Miller, voulez-vous danser ?

Je laisse échapper un rire léger avant de l'attirer un peu plus près. Nos gestes se cherchent, se répondent, jusqu'à ce que nos souffles se mêlent. Je tire sur son boxeur libérant son érection avant de prendre en main son membre.

Son regard s'ancre dans le mien, traversé de désir et de plaisir. Lorsqu'il se penche vers moi pour m'embrasser, le temps semble suspendu. J'adore ce mélange de tendresse et d'abandon, ce moment où tout devient simple, évident.

Ses mains se glissent sous mon t-shirt, effleurent ma peau comme pour effacer les ombres de la nuit. Je laisse échapper de petits gémissements. Peu à peu, je me laisse emporter, libérée du cauchemar qui m'avait hantée.

— J'ai envie de toi, future madame Miller !

— Je ne l'avais pas deviné, monsieur Miller, ricané-je.

Chacun de ses baisers, chacune de ses caresses frôle la perfection. Tout n'est que douceur, tendresse et chaleur retrouvée. Chaque battement de mon cœur semble s'éveiller pour lui, et je l'aime d'un amour profond, absolu. Je suis convaincu qu'un jour, le soleil se lèvera sur un monde sans cauchemars. Pourquoi ? Parce que tant que nous sommes ensemble, rien ne peut vraiment m'effrayer.

— Sache que je te ferai l'amour toute ma vie, madame Miller !

— Je veux que notre histoire soit infinie !

Liam finit par quitter le lit, tiré par ses responsabilités à l'écurie. Je l'observe enfiler son jean, ses gestes précis et familiers, avant qu'il ne vienne m'embrasser une dernière fois.

— Repose-toi un peu, dit-il doucement. Je ne serai pas loin.

Je le regarde s'éloigner, et mon cœur sourit. J'enfile un léger chandail, prends mon carnet et ma plume, puis sors m'installer à l'extérieur. L'air frais du matin emplit mes poumons. Le soleil éclaire déjà la campagne d'une lumière dorée, les oiseaux chantent, et tout semble d'une perfection presque irréelle.

Je m'installe à la petite table en bois, mon carnet ouvert devant moi et une tasse de café fumante que je viens de me verser. L'encre se met à couler sous ma plume, mes pensées se libèrent. Écrire m'a toujours aidée à mettre de l'ordre dans mon tumulte intérieur. Et pourtant, cette fois-ci, au lieu de m'apaiser, une drôle de lourdeur m'envahit.

Un frisson glisse sur ma nuque. Je repose ma plume, j'inspire profondément. Est-ce que c'est une âme qui vient me rendre visite ? Je ne vois rien pour le moment, mis à part que tout est beau autour de moi, si beau ! Mais quelque chose m'échappe. La douleur revient, cette pression dans ma poitrine, comme un rappel que rien n'est jamais vraiment parfait.

Je ferme les yeux un instant. Pourquoi mon corps réagit-il ainsi alors que je devrais être heureuse ? Pourquoi ces rêves ne me lâchent-ils pas ? J'imagine que tout ça n'est qu'un mélange de stress et de nuits trop agitées.

CHAPITRE 29

Liam

Le jour du mariage

Je porte un costume noir, impeccablement taillé, et je ne me suis jamais vu vêtu ainsi. Moi qui ai plutôt l'habitude d'un jean, d'un t-shirt, des bottes et de mon chapeau. Je me dirige vers l'évier de la salle de bain, ouvre le robinet et laisse l'eau tiède caresser mes mains. Dans mon reflet, mes pensées s'emballent. Je revois ce moment où mes yeux ont croisé les siens, où j'ai enfin osé lui dire ce que j'avais sur le cœur. Je n'ai aimé qu'une femme dans ma vie : ma mère. Quand j'étais petit, elle était mon rayon de soleil. Puis, à sa mort, lorsqu'elle a été emportée par un cancer foudroyant, j'ai érigé des barricades autour de mon cœur, jusqu'à ce qu'elle apparaisse.

Je relis une dernière fois mes vœux, les mots qui doivent encapsuler tout ce que je ressens.

« Solène, aucun mot ne suffira jamais à te dire à quel point je t'aime ni à exprimer combien tu es la plus belle rencontre que la vie ait mise sur mon chemin. Tu es comme un trésor dont la richesse est inestimable. Tu es à la fois mon refuge et ma lumière dans les jours les plus sombres. Mais s'il fallait choisir un seul mot, ce serait : Infini. Parce que notre amour est fait pour durer bien au-delà des décennies. Tu es la femme que j'ai attendue toute ma vie. Mon cœur t'appartient, pour toujours, car je t'aime d'une manière que je pensais impossible. »

* * *

Solène

Le jour tant attendu est enfin arrivé. Un tourbillon d'émotions se mêle en moi, entre le bonheur intense et le vertige, l'impression d'être emportée par quelque chose de plus grand que moi, mais à quoi j'ai envie de me livrer. Les préparatifs de ce grand jour m'ont bien occupée : la recherche de la robe parfaite, du gâteau, des fleurs… Ma mère, souriante, peaufine ma coiffure, et soudain, elle sort de son sac une petite boîte. Elle me la tend avec tendresse.

Je l'ouvre avec précaution. À l'intérieur, un ruban, orné d'une breloque en forme de cœur. Mes mains tremblent en la prenant.

— Tu l'as encore, depuis tout ce temps ?

— Oui, ma chérie. Je ne me suis jamais débarrassée de ce cœur que tu as fabriqué pour ton âme sœur, lors de cette journée où j'ai eu peur de te perdre.

Une larme roule le long de ma joue, et je caresse doucement la breloque, prise dans l'émotion.

— Fais attention à ton maquillage, ma fille.

Ma mère m'adresse un sourire, un sourire doux, mais empreint d'une petite pointe d'inquiétude.

Je vérifie mon collier bleu, mon « quelque chose de neuf », je glisse la jarretière sur ma jambe, remontant jusqu'à ma cuisse, avant de laisser tomber la lourde robe. Elle est fluide, en crêpe, avec des manches trois quarts et un décolleté en V, le dos nu en guêpière de coton, le bas de la robe ornée de guipure et de petits boutons recouverts.

Je me tourne et me retourne devant le miroir, appréciant cette image de moi, presque irréelle. Une princesse, prête à rejoindre son prince.

— Tu es rayonnante, ma chérie.

Ma mère me complimente. Elle me dit qu'elle est heureuse de me voir enfin vivre ce moment tant attendu, tandis que mon père, fier et ému, se prépare à me conduire vers celui avec qui je passerai ma vie.

— Merci ! Je suis vraiment heureuse.

— Prête ?

— Donnez-moi encore quelques secondes, je vous rejoins dans le passage.

La porte se referme. Le silence envahit la pièce. Mes mains glissent sur le tissu de ma robe, je tente de calmer mon cœur qui bat trop vite. L'excitation, la joie, la certitude d'un amour infini, tout est là. Mais cette douleur aussi, tapie, implacable. Une compression qui revient, comme un avertissement.

Je ferme les yeux. Non, pas aujourd'hui. Pas le jour le plus beau de ma vie. Je refuse de laisser cette sensation gâcher ce moment. J'inspire profondément, cherchant à la chasser, à m'accrocher à l'image de Liam qui m'attend, là-bas, au bout de l'allée.

La musique s'élève doucement, emplissant l'air d'une solennité presque irréelle. Mon père m'offre son bras, son sourire est empreint de fierté et d'émotion. Je m'accroche à lui, tentant de trouver dans sa présence la stabilité dont j'ai besoin.

Un silence respectueux s'installe alors que les invités se lèvent. Tous les regards convergent vers moi. Je sens leurs yeux, leurs sourires, certains brillants de larmes. Mon cœur cogne dans ma poitrine, si fort que je crains qu'il ne se brise avant d'atteindre le bout de l'allée.

Un pas. Puis un autre. Le tissu de ma robe frôle le sol, léger malgré son poids. Mes mains tremblent, mais je les serre contre mon bouquet, comme pour dissimuler mon trouble. J'essaie de me concentrer sur l'essentiel : lui, mon Liam.

Là, au bout de l'allée, il m'attend. Son regard a capturé le mien et refuse de le lâcher. Ses yeux brillent d'un éclat qui me transperce, mélange d'amour et de promesses. Chaque pas me rapproche de lui, de cet homme qui a bouleversé ma vie, de cet avenir que je veux tant construire à ses côtés.

Autour de moi, le murmure de l'assemblée s'efface, le monde entier disparaît. Il n'y a plus que nous.

Pourtant, au creux de ma poitrine, cette compression revient, sourde, insidieuse. Comme un rappel cruel que rien n'est jamais totalement parfait. Je tente de l'ignorer, de l'enterrer sous le bonheur immense qui m'inonde à mesure que je m'avance vers lui.

Arrivé à mi-chemin, mon père me jette un regard tendre, comme pour me demander si je vais bien. Je lui réponds d'un air enjoué. Je veux qu'il voie mon bonheur, pas mon malaise.

Encore quelques pas, et je distingue les lèvres de Liam, qui s'arrondissent d'un éclat de tendresse. Cet éclat qui a toujours eu le pouvoir d'apaiser mes peurs, de chasser mes cauchemars. Je me raccroche à cette lumière, à cette évidence : dans quelques instants, nous allons nous dire « oui ».

Mon cœur bat trop vite, mes jambes sont fragiles, mais je continue d'avancer. Parce que l'amour me pousse, me porte, me soulève.

Et lorsque je l'atteins enfin, quand nos regards se scellent à nouveau, je sais qu'à cet instant précis, malgré tout, rien ne pourrait m'empêcher de l'aimer.

Je suis enfin devant lui. Mon père dépose ma main dans celle de Liam, et à ce simple contact, je sens mes genoux trembler. Ses doigts se referment doucement autour des miens, avec cette fermeté rassurante qui me rappelle qu'avec lui, je ne crains rien.

Je lève les yeux vers lui. Il me sourit, cette expression à la fois tendre et fière, comme s'il voulait me dire que nous y sommes, que rien ne pourra plus nous séparer. Je retiens un sanglot d'émotion. Tout est si parfait, trop parfait.

Le prêtre commence à parler, mais ses mots me parviennent comme dans un brouillard. Je ne distingue clairement que la chaleur de sa main dans la mienne, le battement de mon cœur qui résonne à mes oreilles, et son regard qui ne me lâche pas.

* * *

Liam

Je me tiens là, debout, devant la foule, les yeux rivés sur la personne la plus merveilleuse, unique et brillante que j'ai jamais rencontrée. Elle, vêtue de sa robe blanche, flotte vers moi, tel un ange. Chaque moment passé avec elle est une passion dévorante. Le brasier qui circule dans mes veines à son simple contact, cette capacité qu'elle a de me rendre vulnérable comme jamais auparavant, c'est ça l'amour.

Je suis un homme comblé de m'endormir chaque nuit dans ses bras et de me réveiller tous les matins à ses côtés. La vie au ranch a changé, c'est une tout autre réalité depuis qu'elle est là. Elle me fait apprécier des moments simples mais précieux : me blottir contre elle, la douceur de ses caresses, les échanges silencieux, juste elle et moi, allongés côte à côte, elle jouant avec mes cheveux tout en me regardant dans les yeux.

Cette nouvelle facette de ma vie, plus sentimentale, me plaît bien plus que je ne l'aurais imaginé. Depuis qu'elle est entrée dans ma vie, tout est devenu plus clair.

CHAPITRE 30

Solène

Le prêtre entame les paroles sacrées. Ma respiration devient plus lourde. Les visages autour de moi s'estompent, comme noyés dans une brume. Je n'entends plus que quelques mots : joie… épreuve… jusqu'à ce que la mort vous sépare. Ces mots résonnent en moi comme une malédiction.

Ma poitrine se serre brutalement, une douleur aiguë me transperce. Je veux parler, dire « oui », mais ma voix s'étrangle. Ma main tremble dans celle de Liam. Ses yeux se froncent, inquiets.

Tout s'accélère. Ma vue se brouille. J'essaie de résister, de tenir debout, mais mes jambes cèdent sous moi.

— Solène !

Le cri de Liam fend le silence. Je m'effondre dans ses bras, ma robe blanche s'étalant comme une vague autour de moi. Des exclamations résonnent dans l'assemblée. Des mains se tendent, des chaises raclent le sol. Le prêtre s'interrompt, choqué.

Je sens le visage de Liam près du mien, ses bras qui m'entourent désespérément.

— Qu'est-ce que tu as, Solène ? souffle-t-il d'une voix brisée.

Je lutte pour garder les yeux ouverts. Les visages se déforment, les sons deviennent lointains. Pourtant, je sens encore sa main serrée contre la mienne, son souffle affolé sur ma peau.

Dans ce chaos, une seule pensée me traverse : et si cette tireuse de cartes m'avait mise en garde lorsqu'elle a murmuré : « Faites attention à votre cœur. Il porte déjà des traces de passage. » Je ne veux pas que ça s'arrête ici. Non pas maintenant.

* * *

Liam

Agenouillé sur le sol, je serre son corps inerte contre moi, suppliant qu'elle s'éveille. La foule s'est amassée autour de nous, et j'entends les sirènes de l'ambulance, mais je ne peux détacher mes yeux d'elle. D'une main tremblante, je balaie les cheveux de son visage.

— Tiens le coup, mon amour. Les secours arrivent.

Ses paupières restent closes. Je pleure. Je ne veux pas la perdre. Pas maintenant que je l'ai trouvée.

Tout à coup, deux ambulanciers traversent la foule. L'un d'eux s'agenouille.

— Tout va bien aller, me dit-il.

Une main se pose sur mon épaule, me demandant de m'écarter. Je dépose un baiser sur son front avant de me lever.

— Tiens le coup, ma chérie ! prononce son père d'une voix chevrotante.

J'ai l'impression que mon cœur s'arrête entre deux battements. Je me sens suspendu dans le temps. Tout ce que je veux, c'est qu'elle me revienne. Je veux revoir l'éclat de ses yeux verts qui plongent dans les miens, son sourire, et la revoir danser.

Ils la portent sur une civière jusqu'à l'ambulance, et je ne les quitte pas du regard. Je rejoins Solène à l'intérieur en direction du centre hospitalier, tandis que ses parents suivent en voiture derrière.

* * *

J'attends debout, devant les portes battantes, derrière lesquelles Solène a disparu avec l'équipe médicale pour être soignée. J'implore pour qu'on me la ramène. Elle est l'autre moitié de mon être, et je ne sais même pas ce qui se passe.

— Liam !

Je reconnais la voix de la mère de Solène, qui vient d'arriver avec son père.

— As-tu des nouvelles ? me demande-t-elle, inquiète.

Je secoue la tête. Je ne me suis jamais senti aussi inutile de toute ma vie, et j'espère que chaque minute qui passe verra quelqu'un franchir cette porte pour m'annoncer qu'elle va bien.

— Ils ne t'ont rien dit sur ce qu'elle a ? me demande sa mère.

— Non, pas encore. J'attends que quelqu'un nous informe sur son état.

Tout comme moi, ses parents sont noyés dans l'inquiétude. Ils ne tiennent plus en place. Cette scène réveille en moi des souvenirs que j'aurais préféré oublier, ceux du jour où ma mère est décédée. Tout autour de moi s'est écroulé. Je ne veux pas que cela arrive à Solène. Il est hors de question que je la perde.

L'attente est interrompue quand la porte s'ouvre et qu'un médecin s'avance vers nous.

— Solène Martin ?

— Oui, comment elle va ? demandons-nous à l'unisson.

Les mots s'écoulent en un flot de termes médicaux dont je ne connais absolument rien. Je piétine, espérant qu'il me dise qu'elle va bien.

— Mais elle va s'en sortir ? reprend sa mère, la voix brisée.

Le docteur détourne son regard vers elle.

— Vous pouvez la voir.

Ses yeux semblent dire que non. J'ai du mal à respirer. Pourquoi évite-t-il de répondre ? Je lis de la tristesse dans le regard de ses parents.

— Pour le moment, elle est stable, mais ça va lui prendre un nouveau cœur. Nous avons fait la demande, annonce le médecin.

Enfin, une réponse. La mère de Solène maintient mon regard sans ouvrir la bouche, puis laisse échapper ses larmes.

— Cela va prendre combien de temps avant d'en avoir un ? demandé-je.

— Un jour, une semaine, un mois. On l'ignore. Il faut que les conditions soient réunies pour la réussite. D'une part, il faut trouver un tissu ou un organe dont les caractéristiques biologiques sont le plus proche possible de celles du receveur : c'est la compatibilité tissulaire. D'autre part, on doit maîtriser les phénomènes inéluctables de rejet.

— Combien de temps elle a ? demande le père.

Je serre la mère de ma fiancée dans mes bras, laissant libre cours à ses sanglots, quand le docteur prononce sa réponse.

— Pas beaucoup. Vous pouvez venir la voir.

Je ferme les yeux et prends une profonde respiration afin d'affronter ce que je vais voir derrière la porte de la chambre.

J'avance. Mes yeux se posent sur le lit. Il me faut puiser dans ma force intérieure. Le bruit des machines me ramène brutalement à la réalité : je ne suis pas dans un cauchemar dont je peux me réveiller. C'est la réalité. Tout en m'avançant vers elle, je m'assois sur une chaise et prends sa main dans la mienne. Une boule se forme dans ma gorge. Je me sens impuissant. C'est une sensation horrible, et tout ce que je souhaite, c'est d'entendre sa voix. Sa mère lui caresse doucement les cheveux, tenant la main de son mari.

— Tu es forte, ma fille. Tu vas t'en sortir, murmure-t-elle.

Je n'ose pas prononcer un mot depuis notre arrivée dans la chambre. Mon inquiétude prend le dessus.

Trente minutes s'écoulent, mais elles me paraissent n'en durer que cinq.

— Les visites sont terminées. Il va falloir partir, annonce l'infirmière en entrant.

— Non, je ne veux pas la laisser seule ici.

— Nous allons prendre soin d'elle, et au moindre changement, nous vous contacterons.

Je détourne mon regard vers Solène, qui ne bouge pas. Je me lève et dépose un baiser sur son front.

— Je reviens demain, Solène. Je ne suis pas loin. Je ne t'abandonnerai pas.

Je m'arrache à elle à contrecœur et sors de la chambre, accompagné de son père et de sa mère. Tout le poids de cette journée me comprime le cœur. L'idée de la perdre me détruit peu à peu. Je ferme les yeux un instant, cherchant la force de ne pas m'effondrer. Je ne pensais pas que la douleur pouvait être aussi forte.

Je monte dans mon pick-up, que le père de Solène a ramené dans le stationnement. J'avance et je recule, incapable de m'en aller. L'hôpital est là, devant moi. Une ambulance dépose un patient sur une civière dans la zone des urgences. Ses lumières colorent le stationnement. Une tension monte dans mon estomac. Tout me ramène à cet instant suspendu, celui où mon amour a disparu dans l'hôpital. C'est plus fort que moi. Je sors de mon véhicule et traverse les portes de l'établissement de santé. Le tourment, la peur et la colère se mélangent en moi.

Je croise le père de Solène, qui est encore là. Il lit toutes les émotions dans mes yeux.

— Tiens, Liam, un café, me dit-il en soulevant le gobelet.

Il savait que j'allais revenir.

— Merci. Toi non plus, tu ne veux pas rentrer ?

— Ma femme est allée à la maison un peu, car elle est épuisée. Elle a trop pleuré. Cependant, je crois qu'elle est allée s'isoler pour évacuer sa peine toute seule.

Je prends une gorgée et dépose le gobelet sur une table.

— Je comprends. Il faut que Solène passe au travers.

— Elle est forte, Liam. Elle s'en sortira. Il faut avoir la foi.

— Vous êtes encore là ? Il faut aller vous reposer pour mieux la soutenir, lance un infirmier.

Je reste un moment au milieu du couloir, fixant la porte de la chambre de Solène, avant de me résoudre à quitter l'hôpital, terriblement inquiet.

CHAPITRE 31

Liam

Je me retrouve dans la salle de bain, le visage marqué par la douleur, comme si chaque seconde m'arrachait d'elle un peu plus. Je soulève mon t-shirt et scrute mon reflet dans le miroir. Mes yeux sont vides, épuisés. Ma peau est froide. J'enlève lentement mes vêtements, puis je pénètre sous le jet d'eau chaude. Les gouttes frappent ma peau, comme une tentative de laver la douleur. Mais rien n'y fait. Cette douleur-là, elle ne part pas. Elle m'engloutit.

Je ferme les yeux. Une pensée glisse en moi. Elle me manque déjà. Un frémissement effleure mes lèvres, pas vraiment un sourire, mais plutôt l'ombre d'un souvenir qui remonte à la surface. Solène. Ses maladresses adorables, ses gestes qui trahissent son trouble, sa manière de laisser éclater un rire clair pour presque rien. Et ce simple souvenir me réchauffe, comme une lumière qu'on garde au creux de la poitrine. Je l'aimais déjà plus que je n'aurais cru possible. Mais pourquoi, pourquoi doit-elle partir ?

L'eau s'arrête, et je retourne dans la chambre. Les draps sont encore défaits. Je ferme les yeux, imaginant son corps à côté du mien. Les souvenirs affluent : nos nuits ensemble, la chaleur de son corps contre le mien, ses bras autour de moi. Je me ressaisis et m'assois sur le bord du lit. Je dois garder espoir. Elle ne voudrait pas que je laisse ce dernier espoir s'éteindre.

Je reste avec elle pendant les heures de visite qui m'ont été autorisées. Par chance, du personnel s'occupe de mon ranch.

— Je t'en prie, bats-toi. Je t'attends.

Les jours passent sans changement, et toujours pas de donneur. Les médecins disent qu'elle ne tiendra plus longtemps. Je me sens impuissant. Je lui parle, je lui raconte notre rencontre, nos projets. Je lui dis que je veux encore contempler les étoiles avec elle, que je veux la revoir rire. Mais chaque jour qui passe ne fait qu'amplifier mon angoisse.

Solène

Des sons flottent autour de moi, doux, apaisants. Mais je suis perdue. Je me sens bien, mais tout est flou. Un ciel bleu, vaste, au-dessus de moi. La lumière, douce. J'aperçois une silhouette, une femme, à l'horizon. Elle me fixe. Elle s'approche, ses cheveux blonds volant au vent. Je sais qui elle est. Je l'ai déjà vue sur une photo. C'est la mère de ma mère. Mais c'est impossible : elle est morte.

Elle se tient devant moi maintenant. La douceur de son regard, d'un autre temps, me réchauffe.

— Tu es bien Solène ?

Je comprends. Je suis en train de rêver. Le silence s'installe. Un silence lourd.

— Je rêve…

Elle me regarde avec une infinie tristesse.

— Je suis désolée, Solène…

Je veux savoir, mais je n'ose pas poser la question. Alors, je ferme les yeux.

— Qu'est-ce qui se passe ? Où suis-je ?

Les nuages se rapprochent, sombres.

— Il ne te reste pas beaucoup de temps. Ton âme commence à vouloir quitter la terre.

Je pense à Liam. Il est là. Je sais qu'il m'attend.

— Qu'est-ce qui m'arrive ? Où est Liam ?

Elle répond lentement.

— C'est ton cœur.

Puis tout se dissipe. Un noir profond engloutit tout autour de moi.

* * *

Liam

Je suis là, près d'elle. On pourrait croire qu'elle dort, mais je sais que ce n'est pas le cas. Ses mains ne bougent plus. Je les prends dans les miennes, mais je ne ressens plus que la froideur.

— Elle a bougé ?

Je pose la question à l'infirmière, presque une supplique. Elle me regarde, calme, mais il y a quelque chose dans ses yeux.

— Ce sont des réflexes.

Des heures, des jours. Je ne sais plus, je n'ose pas les compter. Je me tiens à ses côtés, lui parlant comme si elle pouvait m'entendre. Je lui dis que je l'aime, que je la veux encore, que je n'arrêterai pas de me battre pour elle.

Je m'approche de son oreille.

— Je t'aime. Et un jour, tu reviendras vers moi.

Je caresse doucement sa joue, comme pour l'éveiller. Peut-être qu'elle m'entend. Peut-être qu'elle lutte.

* * *

Solène

Je flotte. Je suis là, mais je ne suis pas là. Je vois mon corps allongé, connecté à des machines, mais je ne suis pas dedans. Des gens parlent autour de moi, mais ils sont loin. Il y a Liam. Il est là, près de moi. Ses yeux me cherchent. Il me touche. Sa main sur ma joue.

Je me sens apaisée par cet effleurement tendre. L'envie de lutter se réveille en moi. C'est comme si sa chaleur me transperçait, m'appelait à revenir.

— Je suis là, Liam. Je t'aime.

Je voudrais lui crier que je suis encore là, mais personne ne m'entend.

Tout devient noir.

* * *

Liam

Le médecin entre. Son regard grave me fend le cœur. Il n'annonce rien de bon.

Je reste là, pétrifié. Le temps semble suspendu, mais je sais au fond de moi ce qui se cache dans ses yeux. Ce n'est plus qu'une question de temps.

CHAPITRE 32

Liam

La douleur me déchire. Elle me grimpe aux tripes, me serre la poitrine. Un sanglot m'échappe, rauque, incontrôlable, que je ravale aussitôt. Je quitte l'hôpital d'un pas vacillant, vidé. Une fois dans mon pick-up, je claque la portière et j'agrippe le volant. Les mots du docteur résonnent encore, implacables :

« Il n'y a plus grand espoir. »

Mais moi, je refuse de l'abandonner, cet espoir. Je m'y accroche de toutes mes forces, même s'il me glisse entre les doigts comme un plancher mouillé.

Je démarre. Mon pied s'écrase sur l'accélérateur, le moteur hurle. L'asphalte défile sous mes roues comme si je pouvais fuir la réalité. Mon cœur cogne, une monstrueuse montée d'adrénaline pulse dans mes veines. J'ai envie de galoper, de hurler ma peine dans le vent, de la faire exploser au grand air du ranch.

Mais à la dernière seconde, je bifurque. Je tourne le volant avec rage et me dirige vers le bureau de madame Elder. J'ai besoin d'aide. Il faut que quelqu'un m'arrête. Il faut que quelqu'un m'écoute. J'arrive en trombe, les nerfs à vif.

— Que puis-je pour vous, monsieur ? me demande la secrétaire, surprise par mon arrivée brutale.

— C'est une urgence… Je n'ai pas de rendez-vous.

— Asseyez-vous, monsieur Miller. Je vais voir si elle peut vous recevoir.

J'attends. Le souffle court. Je tente de me calmer avec des exercices de respiration que je ne termine jamais. La panique me griffe le ventre. C'est fou à quel point l'impuissance peut vous transformer. Si quelqu'un ose me parler mal ou me regarder de travers, je le jure, je pourrais exploser. Je ne suis pas violent. Je ne l'ai jamais été. Mais là, je suis un volcan.

Quelques minutes plus tard, la secrétaire m'appelle.

— Elle va vous recevoir dans un instant.

Je ferme les yeux. Inspire. Expire. J'ai envie de hurler dans un oreiller ou de fracasser un mur.

Madame Elder m'accueille avec calme et bienveillance. Elle ouvre la porte de son bureau et je la remercie en silence, les mâchoires serrées.

Je m'effondre sur le canapé.

— Je déteste cette sensation, lâché-je.

— Quelle sensation, monsieur Miller ? me demande-t-elle doucement.

— Celle d'un poison… Ça me brûle de l'intérieur. Je n'arrive pas à lui donner un nom, mais c'est là, ça rampe dans mes veines.

Une larme coule malgré moi. Je serre les dents.

— Qu'est-ce qui vous met dans cet état ?

Je devrais commencer par là. Elle ne sait rien encore.

— C'est Solène… Ma fiancée. On allait se marier. Et elle s'est effondrée. Maintenant, elle est à l'hôpital. Elle n'a qu'une chance de survie : recevoir un nouveau cœur.

Je baisse la tête. Un murmure s'échappe de mes lèvres :

— Tu me manques, Solène…

— Je suis désolée. Prenez le temps de respirer. Elle est entre de bonnes mains.

Je me lève brusquement. Mon corps ne supporte plus l'immobilité. Et les sanglots éclatent sans prévenir.

— Excusez-moi… je ne voulais pas…

— Laissez-vous aller, monsieur Miller. Il n'y a aucune honte à pleurer.

— Hypnotisez-moi, je vous en supplie. Faites quelque chose. Mon amour va peut-être mourir et je ne peux rien faire pour l'aider !

— L'hypnose ne peut pas vous guérir de cette douleur, Liam. Mais elle peut vous aider à l'accueillir, à ne pas vous laisser submerger. Vous devez rester présent pour elle. Même si vous ne pouvez rien faire sur le plan médical, votre amour, lui, compte.

Je me rassois, l'âme en lambeaux.

— Dès l'instant où mes lèvres ont touché les siennes, j'ai su… j'ai su que c'était elle. Mon âme sœur. Je ferais tout pour elle. Mais j'ai tellement peur de la perdre !

— Qu'est-ce qui, dans votre vie, vous apaise ? Y a-t-il un lieu, une activité, une image qui pourrait vous aider à vous recentrer ?

Je ferme les yeux, cherche une réponse dans le noir.

— Peut-être le cheval… Le ranch. Mais c'est là que je l'ai rencontrée. Tout me ramène à elle. Même le calme me fait mal.

Madame Elder incline légèrement la tête, comme si elle reconnaissait dans mes mots un nœud trop serré pour être défait d'un seul geste.

— Alors, cherchons quelque chose qui n'est pas lié à Solène, mais qui vous appartient encore, dit-elle d'une voix douce. Une force qui ne dépend de personne. Quelque chose qui vous a déjà sauvé autrefois.

Je fouille ma mémoire. Rien ne vient. Mon esprit est un terrain ravagé.

— Je… ne sais pas. Tout est flou.

— Très bien. Alors on va essayer autrement. Asseyez-vous bien droit, les pieds ancrés au sol. Posez vos mains sur vos cuisses.

Je m'exécute. Le simple fait d'obéir me donne l'impression de reprendre une parcelle de contrôle.

— Maintenant, imaginez une scène où vous ne souffrez pas, continue-t-elle. Pas un souvenir. Quelque chose de neuf. Un endroit où la douleur n'a encore jamais mis les pieds.

J'inspire. Longuement.

Une image se forme, hésitante. Une clairière que je ne connais pas. La lumière qui filtre entre les branches. L'odeur de la terre humide.

— Qu'est-ce que vous voyez ?

— Un endroit… où mon cœur ne tremble pas.

— Restez-y. Ancrez-vous. Laissez cet endroit devenir un refuge intérieur. Vous en aurez besoin dans les jours à venir.

Je sens mon souffle s'allonger. Mes muscles se détendent un peu. Comme si quelqu'un venait d'ouvrir une fenêtre dans une pièce où je manquais d'air.

— Même dans l'incertitude, dit-elle doucement, vous avez le droit à des zones de paix. Elles ne trahissent pas Solène. Elles vous permettent de tenir pour elle.

Mes yeux s'ouvrent lentement. Je me sens vidé, mais un peu moins déchiré. Comme si la tempête avait reculé d'un pas.

La séance se termine. Je repars avec un cœur un peu moins pesant, mais toujours brisé.

Dans mon camion, sans réfléchir, je roule jusqu'à la taverne. La porte s'ouvre sur le tumulte des musiques country, des rires et des talons frappant le plancher. Des gens dansent, s’amusent, vivent.

Et moi, je cherche Solène dans chaque éclat de rire. Je la vois dans chaque sourire. Et mon cœur, lui, continue de crier en silence.

Je m’approche du bar, le pas lourd, comme si chaque mouvement me demandait une force que je n’ai plus. Je m’installe sur un tabouret, le regard dans le vide. Tout autour de moi, les gens vivent. Ils rient, trinquent, dansent. Le contraste est violent. J’ai l’impression d’être un fantôme au milieu des vivants, prisonnier d’un monde qui ne m’entend plus.

— Tiens, Liam ! annonce Geneviève.

— Deux coups, Geneviève.

Elle les sert avec cette aisance détachée qu’elle maîtrise si bien, mais son regard, lui, trahit un instant d’hésitation.

— Comment va Solène ? demande-t-elle finalement.

Je relève la tête, surpris. Son ton n’a rien d’ironique. Rien d’amer. Juste une inquiétude réelle.

Et ça me désarme.

— Tu t’intéresses vraiment à Solène ou tu veux juste me narguer ? lâché-je, trop abrupt, parce que tout en moi est encore à vif.

Elle secoue la tête, un peu blessée par ma réaction.

— Liam, j’ai tourné la page sur notre histoire.

Je bois les deux coups. L’alcool descend lentement, brûlant ma gorge, mais pas assez pour anesthésier le manque. Rien ne suffira. J’en commande deux autres.

— Elle est aux soins intensifs, dis-je d’une voix plus basse.

Un souffle. Une vérité qui me coupe encore.

Geneviève se fige. Je continue malgré moi, comme si dire les mots les rendait plus réels.

— Elle s'est effondrée. Une minute, elle riait, et la suivante… Tout s'est arrêté. Ils disent que son cœur ne tiendra pas sans une greffe.

Un silence lourd tombe entre nous. Geneviève inspire doucement, comme pour absorber le choc.

— Je suis désolée, Liam. Vraiment.

Je ferme les yeux un instant. J'aimerais que la peine arrête de m'étrangler, juste quelques secondes.

— Et toi, ajoute-t-elle en posant sa main sur mon avant-bras, comment tu vas vraiment ?

Je ris sans joie.

— Je tiens. Parce que je n'ai pas d'autre choix.

Geneviève hoche la tête. Elle ne cherche pas à combler le silence ni à revenir à l'humour facile. Elle reste simplement là.

— Tu n'es pas obligé de traverser ça seul, tu sais, si tu as besoin de parler, ou juste de ne pas être seul, je suis là, dit-elle.

Ses mots résonnent en moi plus que je l'aurais cru. Je hoche la tête.

— En parler ! Bof ! Je suis allé chez la psy et tu vois où cela m'a mené.

Je bois les deux autres et en commande encore.

— Doucement, Liam.

Geneviève pose sa main sur la mienne quand je m'apprête à boire à nouveau. Je relève les yeux. Son regard, empreint de compassion, me transperce.

— Est-ce que je peux faire quelque chose pour t'aider, Liam ?

— À moins que tu aies un cœur dans ton sac à main, donne-moi un double cognac.

— Je veux dire en tant qu'amie. Tu m'as brisé le cœur, mais cela ne nous empêche pas d'être des amis.

Je bois une gorgée de cognac. Je commence à sentir les effets de l'alcool. Geneviève passe près de moi, son plateau en main, et, en revenant, elle me caresse doucement le dos. Je l'agrippe par le bras.

— Je suis désolé pour ce que je t'ai fait, Geneviève.

Elle s'approche, glissant sa tête près de mon oreille, et me murmure :

— Je n'ai jamais cessé de t'aimer. Je ferai tout pour toi.

Elle relève la tête, et me fait un signe. Elle pointe les toilettes.

Je suis dans un état de vulnérabilité et l'homme que j'étais avant Solène aurait probablement profité de ce moment pour chercher du réconfort physique. Mais, aujourd'hui, je sais que je l'aime, et, même si nous ne sommes pas encore unis légalement, elle a déjà ma promesse. Je me lève et quitte le bar. Je roule jusqu'à…

* * *

Le ciel est menaçant, un orage se prépare. C'est comme rouler à travers l'espace. Je lutte pour garder les yeux ouverts. Je me demande depuis combien de temps je roule et puis mon camion commence à émettre d'étranges bruits sous le capot. La pluie se met à tomber brusquement, rendant la route glissante et troublant la visibilité. Les essuie-glaces s'agitent au maximum. Je frappe le volant de mes poings.

Le cadran indique 1 heure du matin, et il n'y a aucune circulation. Personne ne s'aventure à cette heure, surtout pas sous cette pluie battante. Mis à part le son de l'eau frappant la tôle, il plane un silence de mort. Soudainement, mes phares s'éteignent. Comment vais-je rouler sans lumière ? C'est particulièrement noir sur cette route sans lampadaires, et la lune est cachée derrière d'épais nuages. J'ignore où je suis. Dans quelle situation me suis-je mis ?

Tout à coup, un phare fend l'obscurité et m'aveugle, blanc, brutal, comme un éclair tombé du ciel. Il fonce sur moi, me fait perdre le contrôle. Je tente d'éviter la collision. Par chance, je réussis et mon camion s'arrête subitement. Une soudaine panique s'empare de moi. Je sors de mon véhicule, sentant la chair de poule me parcourir, je suis complètement trempé.

Une voiture surgit et s'immobilise. La portière claque, une ombre s'en détache, puis le visage d'un homme apparaît. Il est âgé, les cheveux blancs et le visage ridé. Ses yeux sont sombres, mais étincelants.

— Pouvez-vous me dire ce qui s'est passé ? Où sommes-nous ?

Je regarde mon camion, qui est désormais un tas de ferraille. L'homme ne me répond pas. Il fait les cent pas autour de mon véhicule en secouant la tête. Il ouvre la portière et s'éloigne, ne me quittant pas du regard.

— Dites quelque chose, bordel !

Il me jette un dernier coup d'œil avant de disparaître…

Une sirène au loin émet un bruit long et fort. Plus ça se rapproche, plus la sirène est aiguë.

CHAPITRE 33

Liam

Les sirènes hurlent au loin, puis se rapprochent à une vitesse folle. Les services d'urgence arrivent, mais tout autour de moi semble ralentir, comme si le monde flottait hors du temps. Je ne comprends pas tout de suite ce qui se passe. Je vois des silhouettes s'agiter, j'entends des voix floues, puis… je me vois. Mon propre corps, inerte, délogé avec précaution du camion broyé par les services d'urgence.

— On a un faible pouls ! crie un ambulancier en se penchant sur moi.

Du sang coule de ma tête, ruisselant sur mes tempes. Les gyrophares de l'ambulance me lacèrent les yeux, mais je ne sens plus rien. Le noir m'enveloppe, et dans cette obscurité surgit la lumière. Le sourire de Solène. Clair. Pur. Comme un phare dans la nuit. Tout devient limpide. Des souvenirs affluent : nos rencontres dans l'astral, quand mon âme vagabondait pour la rejoindre, encore et encore. Nos conversations suspendues au bord du réel, ce premier baiser sous la pluie, quand je n'étais pour elle que « Ami ».

Je suis maintenant allongé sur une civière, branché, entouré d'écrans qui égrènent le silence. Un médecin, la voix grave et détachée, prononce la sentence :

— Il est en mort cérébrale. Plus aucune activité. A-t-il signé sa carte de dons ?

Oui. J'ai signé. Parce que je savais. Parce que je devais. Pour elle.

Je suis désolé, Solène. J'ai tout tenté pour toi… Mon amour était plus fort que la peur. Plus fort que la mort.

J'étais dans cet orage, seul, guidé par une urgence viscérale. Mon pied s'est enfoncé sur l'accélérateur. La route était détrempée, j'étais perdu dans la noirceur. Un virage, un coup de volant. Le camion a dérapé, a hurlé dans le vent, a fait plusieurs tonneaux avant de s'immobiliser, renversé. J'ai pensé à toi pendant cet instant suspendu. Je t'ai aimé jusqu'au bout.

* * *

— Nous avons un cœur compatible ! annonce soudain une voix. Préparez le bloc !

Quelques heures plus tard, dans la blancheur clinique d'un bloc opératoire, deux équipes médicales s'activent autour de Solène. Elle repose là, intubée, les traits paisibles malgré la douleur, comme si elle flottait entre deux mondes.

— Tiens bon, mon amour. Je suis là. Avec toi.

Invisible, mais présent, je veille. Je suis ce souffle discret qui danse autour d'elle, cette main posée sur son front, ce battement nouveau dans sa poitrine. Mon cœur. Mon dernier cadeau.

Le chirurgien annonce le début de la procédure. Les machines se mettent en marche. Le sang circule. Le cœur est prêt.

Je m'approche. Doucement. Je pose une main sur elle, à l'endroit où battra désormais ce qu'il reste de moi. Et dans un élan d'amour absolu, je lui transmets toute ma vitalité, ma tendresse, ma force de vivre.

Vis, Solène. Vis pour nous deux.

* * *

Solène

J'ouvre difficilement les yeux. Je fixe le plafond. Tout devient doucement net et la douleur qui suit l'opération irradie dans mon corps. Je distingue les néons de l'hôpital. Liam ? C'est la première personne à laquelle je pense. J'essaie de regarder autour de moi, mais je suis trop faible. Je ne le vois pas, et un respirateur m'empêche de parler. Mes yeux se posent sur ma mère qui me murmure :

— Ma chérie, tu es réveillée !

Je souris et scrute les autres visages autour de moi. Où est Liam ? Mes yeux le cherchent. C'est sûr qu'il est venu à mon chevet. J'arrache le masque de mon visage et une infirmière tente de me le remettre, mais je ne veux pas. Elle m'indique qu'il est temps de faire une prise de sang. Je lui fais signe que non de la tête. Les forces me manquent. C'est difficile de rester éveillée, mes paupières se ferment un instant.

Je reconnais sa voix.

— Solène, mon amour. Je suis là.

Je tourne la tête vers lui et mes yeux trouvent les siens.

— Liam, tu es enfin là. Je me sens si fatiguée.

— Je suis avec toi, Solène. J'ai toujours été là. C'est normal que tu sois fatiguée, tu as eu une grosse opération. Tu dois te reposer. Il fallait que tu vives.

Je veux lui tenir la main, le toucher. J'entends sa voix dans le creux de mon oreille, mais il semble si loin. Je suis un peu dans le brouillard, ne comprenant pas trop ce qui se passe autour. Pourquoi mes parents ne sont plus là ?

Liam dépose sa main dans la mienne.

— On s'est mariés ?

— Nous n'avons pas eu le temps.

— Dès que je sors d'ici, je te dis enfin oui, Liam. Je suis désolée d'avoir gâché le plus beau jour de notre vie.

— Tu n'as rien gâché, mon amour. Ce n'était pas ta faute. J'aimerais plus que tout au monde revivre ce moment. Tu étais si magnifique. Tu avais l'air d'un ange.

— Liam, qu'est-ce qui se passe ? Tu agis différemment. Pourquoi tu parles au passé ?

J'ai de la difficulté à comprendre et une larme me monte aux yeux.

— Je suis avec toi, Solène, et je t'aimerai toujours.

Il appuie sa main contre mon cœur.

— Je suis là où repose ma main.

Je relève la tête et nous nous retrouvons les yeux dans les yeux, où se reflète la même douleur. Mon cœur se brise sous ma cicatrice.

— Non ! Non ! Liam, non !

— Ne t'inquiète pas pour moi, Solène.

— Non, je refuse d'y croire. Ce n'est pas réel. Je vais me réveiller… Je vais me réveiller de ce cauchemar, c'est obligé…

Il me regarde avec une tendresse infinie, cette lueur douce qui me bouleverse chaque fois. Sa voix tremble légèrement, mais ses mots sont clairs, comme une vérité qu'il accepte enfin.

— Je me souviens de tout. De mes visites chez toi dans l'astral, quand mon âme vagabondait jusqu'à la tienne. De ces instants suspendus où tu me nommais « Ami », parce qu'on ignorait encore qui j'étais vraiment. Je me souviens de l'amour immense que j'ai ressenti pour toi bien avant même de connaître ton nom, de tes yeux verts lorsque je suis tombé dans ce lac gelé. De ton don, ce lien sacré que tu as reçu, juste pour qu'on se retrouve. Tout ça… c'était nécessaire. Pour nous.

Il marque une pause. Ses yeux brillent de larmes, mais une étincelle d'humour vient éclairer sa douleur.

— Et tu sais quoi ?

Je tente un sourire à travers mes larmes, la gorge nouée.

— Quoi ?

— J'aime la lasagne.

Un petit rire m'échappe, étranglé par le chagrin. Il essaie de me faire sourire, même maintenant, même à cet instant insoutenable.

— Liam, comment je vais faire ? Comment vais-je vivre sans toi ?

Il pose ses mains contre mon visage, avec une douceur si intense que mon cœur se fissure.

— Tu vas vivre avec moi, Solène. Pour nous deux. Tu es mon souffle, mon miracle. Je t'aime. Et mon amour, c'est lui qui t'a permis de vivre.

Les larmes dévalent mes joues sans relâche. Mon corps tremble alors que je le sens s'éloigner, comme une brume qu'on ne peut retenir.

— Sache que j'ai été charmé dès le début par cette lueur si particulière dans tes yeux. Ne la laisse jamais s'éteindre. Elle est le reflet de ce que nous avons partagé.

Il me serre contre lui, fort, intensément. Je sens une chaleur étrange me traverser, comme si son amour s'imprimait à l'intérieur de moi, un baume pour mon âme en lambeaux.

— Ferme les yeux, Solène. Et vis. Vis pleinement. Vis pour moi.

— Je ne vais pas y arriver… Je t'aime trop.

Il dépose un dernier baiser contre mon front, puis murmure, presque dans un souffle :

— Il le faut pourtant. Je t'aime… et je resterai là. Toujours. Mon amour vivra en toi.

Je m'accorde un dernier instant pour graver chaque trait de son visage dans ma mémoire. Je veux me souvenir de la courbe douce de sa mâchoire, de la lumière dans ses yeux, même si elle s'estompe. Puis tout éclate. Un sanglot déchire ma poitrine. Je hurle, incapable de contenir cette douleur brute, primitive, animale. Mes mains tremblent, mes genoux flanchent. Il approche son visage du mien, et ses lèvres, douces et chaudes, se posent une dernière fois sur les miennes. Ce baiser est une promesse silencieuse, une caresse d'éternité.

Et puis… il s'éloigne.

Liam part.

Il s'efface comme une étoile filante, belle et brève, laissant dans son sillage un vide immense. Quand j'ouvrirai les yeux, je le sais, il ne sera plus là. Je l'aime assez fort pour le laisser partir, assez profondément pour ne pas le retenir. Mais aimer ainsi, c'est aussi souffrir à en perdre l'air, à s'en briser l'âme. Il me faudra du temps pour accepter cette absence, pour apprivoiser cette douleur.

— Au revoir, ma douce moitié, murmure-t-il, et ces mots résonnent en moi comme un écho qui ne cessera jamais de vibrer.

Lorsque j'ouvre enfin les yeux, lentement, douloureusement, une part de moi espère encore, en silence, qu'il sera là, juste là. Mon regard se pose sur le vide, cruel et silencieux. Alors, dans un geste presque sacré, je dépose un doigt sur mes lèvres tremblantes, là où il m'a dit adieu. Pour ne pas oublier. Pour ancrer en moi le souvenir de ce dernier souffle partagé.

Mon chagrin est une vague qui me submerge, mais il me rappelle que je suis vivante. Que mon cœur bat, même meurtri, même reconstruit. Il bat pour lui aussi. Cette cicatrice sur ma poitrine et cet organe devenu mien ne sont pas que des marques de survie. Ils sont le sceau de notre amour, le lien indélébile entre nos deux âmes.

ÉPILOGUE

Il arrive un jour où l'on aime quelqu'un sans comprendre pourquoi. La rencontre de deux êtres réveille un lien particulier. C'est une rencontre bouleversante, et ils sont liés l'un à l'autre par un amour qui semble éternel. Aujourd'hui, tu as surgi, le temps d'un sourire, et désormais, ton essence coule dans mes veines.

Âmes jumelles pour l'éternité, poussière d'amour, car à jamais nous sommes liées. À jamais dans mon cœur, Liam Miller.

Solène Martin, rédactrice de sa dernière rubrique nécrologique.

* * *

Solène

Quelques mois plus tard,

Je dépose la selle, attache la sangle en m'assurant qu'elle soit suffisamment serrée. J'ajuste la longueur des étrivières, installe les rênes et le mors en place. Je sors Joe. Pour monter, je plie le genou, mets mon pied dans l'étrier et m'élève doucement pour enfourcher le cheval en passant la jambe de l'autre côté. Je fais un bec sonore en exerçant une pression avec les talons de chaque côté du cheval. Je tiens mon chapeau et je galope jusqu'au sommet.

Je débarque de la monture et contemple le magnifique paysage, la lueur des premiers rayons du soleil qui pointe à l'horizon. La brise légère fait voler mes mèches de cheveux, l'odeur de l'herbe fraîche du petit matin emplit mes narines. Je marche pour ensuite m'agenouiller devant la pierre gravée et y déposer ma main. Je ne lutte pas contre mon chagrin et laisse échapper de mes yeux l'eau salée, aussi longtemps qu'il en sort, afin de soulager cette douleur encore vive.

— Je t'aime, Liam.

Je me relève et ferme les yeux. Pendant un instant, j'ai l'impression qu'il enroule ses bras autour de moi pour me réconforter, et je sens une chaleur m'envahir entièrement. Je perçois sa main qui saisit la mienne, comme un besoin irrationnel d'être toujours là l'un pour l'autre.

Comme un tourbillon, l'énergie entre nous est plus grande que les simples humains que nous sommes. Notre rencontre était planifiée par une force. Il a fait monter l'espoir en moi. Il me manque. Pourquoi tout cela ? Dans quel but ?

Comment réagir ? Car jamais auparavant je n'avais éprouvé de tels sentiments.

Je le visite dans mes rêves la nuit, et quand je ferme les yeux, je sens encore sa bouche sur la mienne, ainsi que ses mains sur moi. D'où vient notre amour ?

Je me rappelle son rire, son odeur, sa façon de m'embrasser et de me regarder. Penser à lui est la seule façon qu'il me reste de passer du temps avec lui. Liam, tu es l'homme de ma vie. Tu es celui que j'ai cherché depuis toujours. C'est incompréhensible tout cela, et, en même temps, si évident. Personne d'autre n'aurait pu me faire ressentir un lien aussi fort, une telle harmonie.

J'ai souhaité me réveiller chaque matin pour te regarder dormir, t'entendre rire et frissonner quand tu m'embrassais.

Nous regardons maintenant le même coucher de soleil, la même pleine lune et les mêmes étoiles à travers ton cœur et mon corps. Nous formons un tout, telle était ta volonté.

Je suis rentrée à la maison, j'accepte mon destin, ma vie commence. Rien ni personne ne pourra m'empêcher d'aimer. Je ne renoncerai pas à cette flamme qui m'habite, car maintenant, j'ai une part de toi en moi et pour toujours.

* * *

Je croyais que tout s'arrêterait avec lui. Que la dernière fois que j'avais entendu le battement de son cœur serait aussi la fin de ma propre musique intérieure ! Mais la vie en a décidé autrement.

Aujourd'hui, assise dans la salle blanche du cardiologue, j'écoute les échos étranges de cette nouvelle pulsation en moi. L'appareil grésille, trace des lignes que je ne comprends pas. Le médecin fronce les sourcils, perplexe.

— C'est… inhabituel, dit-il finalement.

Soudain inquiète.

— Docteur, est-ce que c'est grave ?

— Votre cœur… parfois, il bat en double. Comme un écho. Comme si un second rythme tentait de s'accorder au vôtre.

Je retiens mon souffle. Un frisson me parcourt, et sans réfléchir, je porte une main contre ma poitrine. Je ferme les yeux. Oui. Ce n'est pas mon imagination : il y a ce battement qui m'appartient… et un autre, discret, qui semble répondre.

Deux cœurs dans un seul. Deux âmes qui refusent de se quitter.

Je souris à travers mes larmes. Parce qu'au fond, je comprends. Liam n'est pas parti. Il est là, dans chaque battement, dans chaque souffle, dans ce rythme qui danse encore pour deux.

Et pour la première fois depuis longtemps, je n'ai plus peur de demain. Parce que, désormais, je sais que je ne marcherai plus jamais seule. Nous avançons ensemble, désormais. Un seul corps, mais deux rythmes unis pour l'éternité.

Fin

Les huit étapes d'une relation de flammes jumelles

1. Le désir : Avant de vous rencontrer, vous aurez conscience que votre moitié est là pour vous. Il y a un profond désir.

2. La rencontre : Une fois que vous vous rencontrez, votre monde sera secoué. Préparez-vous à tomber vite, car lorsque vous le rencontrerez, ce sera une attraction instantanée et démente.

3. La lune de miel : Les âmes ont une phase lune de miel. Dans cette phase, votre relation est nouvelle, significative et positive.

4. Les défis : Ses défis sont souvent des blessures profondes, et ce sont des reflets du travail de l'âme que vous devez faire tous les deux pour vous-même.

5.L'épreuve : Votre amour est mis à l'épreuve. Toutes les insécurités se manifestent lorsque vous commencez à vous remettre en question.

6. La poursuite : Séparation des flammes jumelles. Elle est une grande partie de nombreuses relations de flamme jumelle. Quelqu'un s'éloignera toujours, ce qui provoque une séparation.

7. La reddition : Vous pouvez éventuellement revenir ensemble. C'est par leur compréhension spirituelle et leur développement personnel qu'elles pourront se retrouver.

8. Le retour à la maison : Une fois que vous vous êtes complètement abandonné, vous acceptez votre destin, votre vie commence et l'équilibre se sent rétabli. La fusion et l'incarnation de l'amour qu'elles représentent nous parlent d'une complétude intérieure.

Imprimé au Québec

Pigale Impression, Louiseville